小説

小学生のヒミツ

おさななじみ

文　森川成美
Shigemi Morikawa

原作　中江みかよ
Mikayo Nakae

もくじ

1
すてきな恋《こい》が
してみたい
005

2
オレにおぼれろ
023

3
三《さん》角《かく》関《かん》係《けい》の
始《はじ》まり？
039

4
たんぽぽ劇《げき》団《だん》
067

5
王《おう》子《じ》様《さま》はだれ？
081

6
オレがやる
095

7
けいこが始《はじ》まった
109

8
おさななじみって
133

9
好《す》きになった
かもしれない
153

10
ガラスの靴《くつ》
165

11
好《す》きだ
185

中江《なかえ》みかよのお悩《なや》み相談室《そうだんしつ》 203

特別《とくべつ》ふろく 気《き》になるカレの本音《ほんね》がわかるおまじない 204

登《とう》場《じょう》人《じん》物《ぶつ》紹《しょう》介《かい》

源《みな》川《がわ》ひじり

小学6年生。
徹平とは家が近くて家族《かぞく》ぐるみで仲《なか》もよく、
きょうだいのように育ってきた。

平《たいら》 徹《てっ》平《ぺい》

ひじりのおさななじみ。
ちょっとミステリアスな
金髪《きんぱつ》男子。

高《たか》松《まつ》

徹平と同じクラスの男の子。
眼鏡《めがね》をかけている
シャイな男の子。

1

すてきな恋《こい》がしてみたい

「川波記念病院《かわなみきねんびょういん》」

駅《えき》のホームやバス停《てい》なんかから、横書《よこが》きのその大きな看板《かんばん》が見えるたびに、源川《みながわ》ひじりは、平徹平《たいらてっぺい》のことを思い出す。

思い出すっていっても、毎日会ってるけど。

会ってるっていっても、要《よう》するに、むこうがうちに来るんだけど。

徹平は、ひじりと同じ六年生だ。同じ組にもなったことはあるけれど、いまはちがう組。あっちは二組で、ひじりは一組だ。

徹平とひじりは、川波記念病院で生まれた。徹平のほうが三日だけ遅《おそ》かった。

徹平のママと、ひじりのおかあさんは、そのとき赤ちゃんを産《う》むために入院《にゅういん》していたのだけれど、病院《びょういん》の廊下《ろうか》で会って、あいさつした。二人はそれまで、おたがい同じマンションに住《す》んでいるということを知らなかったそうだ。

でも、じつは、同じマンションどころか、同じ階《かい》のひとつとんで隣《となり》の部屋《へや》に住《す》んでいたということがわかって、徹平のママと、ひじりのおかあさんはびっくりして、急《きゅう》に仲《なか》よくなった。

その仲《なか》のよさは退院《たいいん》してからもずっと続《つづ》いたのだが、二人が大きくなるにつれて、両方《りょうほう》の家の行き来はますますさかんになった。

とくに小学校に入って、徹平《てっぺい》のママが仕事《しごと》から帰ってくるまで、徹平が一人で留守番《るすばん》するようになってから、徹平はランドセルを自分の家に置《お》くと、毎日、ひじりの家に来るようになった。ひじりの家でも、それを迷惑《めいわく》がるどころか、歓迎《かんげい》した。ひじりも徹平も一人っ子だったので、おたがいの家の間では、きょうだいみたいに育《そだ》ったらいいね、という話になっていたらしい。そして実際《じっさい》に、そういうふうに育《そだ》ってきたわけだ。

「ひじり、もう、いっそ、てっちゃんと結婚《けっこん》しちゃいなさいよー。」

というのが、ひじりのおかあさんの口ぐせだ。

「てっちゃんなら気心が知れているし、てっちゃんのママもいい人だし。」

と、ひじりのおかあさんはいつもつけくわえる。

だけどなんか変《へん》だ、とひじりは思う。

きょうだいって、結婚《けっこん》しないじゃないか。

きょうだいって、恋《こい》に落《お》ちたりしないじゃないか。

「あーあ、すてきな恋《こい》がしてみたいよー。」

夏休みのことだ。ひじりは、読みかけのマンガから、顔を上げて、そうつぶやいた。

マンガには、主人公《しゅじんこう》の小学生の女の子が恋《こい》に落《お》ちて、キスをするところが描《えが》かれている。

「キスしたいなあ。だれかしてくれないかなあ。」

ひじりがつぶやいたときだ。

ふと人のけはいがしたと思うと、目の前に影《かげ》がさして、ひじりの唇《くちびる》に、ふにゃりとあたたかい感《かん》じがした。

「て、てっちゃん、なにしてるの。」

ひじりは思わず叫《さけ》んだ。

徹平《てっぺい》の顔が、ひじりの目の前にある。

それまで、徹平はいつものようにひじりの部屋《へや》にいて、床《ゆか》にひっくりかえり、そっちもマンガを読んでいたのだった。あたりまえのことだったから、ひじりは、徹平がいる、ということもとくに気にしていなかった。

ひじりのほうは、ベッドに座《すわ》っていたのだ。

徹平《てっぺい》の顔が、こんなところにあるはずはないのに。

徹平はベッドにひざをつき、ひじりにかぶさるように半身《はんしん》を起《お》こしている。

「おまえがキスしてくれって、言っただろ。」

そのままの姿勢《しせい》で、けろりとして言う。

「だから、してやったんだ。」

「そ、そういうキスじゃなくって。」

「どういうキスならよかったんだ？」

「いや、そういうことじゃなくって。」

なんだかむしゃくしゃした。

「もう、ちょっと。てっちゃん。離《はな》れてよ。」

ひじりは、徹平の胸《むね》を手で突《つ》いた。

徹平はちょっとびっくりしたように、目を丸くしたが、肩《かた》をすくめて床《ゆか》にひっくりかえると、またマンガを読みはじめた。

それだけだった。

その後も、徹平《てっぺい》はあたりまえみたいに、毎日、ひじりの部屋《へや》に来て、おやつを食べながらマンガを読んだり、ゲームをしたりしている。

新学期《しんがっき》になって、徹平はランドセルをやめて、通学用のリュックを買ってもらったけれど、それを自分の家に置《お》くと、あいかわらず、ひじりの部屋《へや》に来る。ひじりがまだ帰っていなくても、ちゃっかり入りこんでいて、おかあさんは先におやつを出したりしている。これもいつものとおりだ。

でもひじりは、それをながめながら、前とは同じには思えない気がした。

キスしちゃったんだ。

ファーストキス？

いや、ちがう。

ひじりは、ぶんぶんと首を横《よこ》に振《ふ》った。

そんなんじゃない。

徹平相手《あいて》のキスなんて、おとうさんやおかあさんが、ひじりかわいいいっ、うちの子いちばんって、ほっぺにキスしてくるのとちっとも変《か》わらない。

ひじりはすてきな恋《こい》がしたいのだ。

ひじりの思うすてきな恋《こい》とは、ある日、知らない人と、雷《かみなり》に打《う》たれたように恋《こい》に落《お》ち、おたがいが好《す》きかどうかをさぐりあって、相手《あいて》も好《す》きだということがわかり、手を取りあって喜《よろこ》ぶ。そしてキスをする。

キスは恋《こい》の結果《けっか》だ。

両思《りょうおも》いだったという証《あかし》だ。

だからこそ、宝物《たからもの》のように大事《だいじ》に思えるんじゃないか。

なのに、あんなキス。しかも、いつだってそのへんにいる徹平《てっぺい》となんて最低《さいてい》だ。

(あれは、キスしたうちに入らないの。)

ひじりはそう思って、キスのことは、忘《わす》れることにした。

しばらくして、ちょっと風邪《かぜ》なんてはやって、徹平が鬼《おに》のかくらんで一日休んだ次《つぎ》の日のことだ。

今日はさすがに徹平《てっぺい》くん来ないかしらね、とおかあさんが言ったそのすぐあとに、ただいまーと言って、徹平はやってきた。

「あら、風邪《かぜ》治《なお》ったの、よかったわね。」

おかあさんは、みょうにうれしそうだ。あたしより、徹平のほうが好《す》きなのかも、とひじりはときどき思う。そう言ったこともあるが、おかあさんは、そうよ母と息子《むすこ》って、仲《なか》いいじゃない、なんて平気《へいき》で言う。

そして決《き》まり文句《もんく》が、

「てっちゃん、ひじりと結婚《けっこん》してやってね。」

なのだ。

徹平は、これも、はい、なんて平気で答えているのだった。

その日、徹平はいつものように、ひじりの部屋《へや》の床《ゆか》に寝《ね》っころがって、マンガを読んでいた。

ピンポーンとインターホンの音が鳴る。

だれ？　と思う間もなく、おかあさんが、部屋《へや》にやってきた。

「てっちゃん、お友だちよ。」

徹平《てっぺい》は、まるで自分の家のように、玄関《げんかん》に出る。

ひじりも、だれかなと思ってついていった。

いたのは、眼鏡《めがね》をかけた、ちょっと子どもっぽい顔の男の子だった。

「あ、ごめん。オレ、じゃまだったかな。」

その子は、伏《ふ》し目《め》がちにおずおずと、ひじりと徹平の顔を交互《こうご》に見た。

「高松《たかまつ》じゃん。」

徹平はそう言い、にこっと笑《わら》った。

徹平の友だちなら、ひじりもだいたい知っているが、高松なんて名前は、聞いたことはなかった。

はじめて見たその子のほっぺたは、真《ま》っ赤《か》になっていた。

背《せ》はひじりとちょうど同じぐらいだから、眼鏡《めがね》ごしに目と目がまっすぐ合った。

きれいな目だ。

素直《すなお》な目だ。

カ…
あ
ごめん
オレ
じゃまだった
かな

ひじりは、なぜかどきどきしてきた。

「昨日《きのう》休んだときのプリント。徹平《てっぺい》の家に行ったら、ここにいるって言われて。」

高松《たかまつ》くんは、いいわけのように言った。

ああ、かあちゃん帰ってたんだ、と徹平は言い、

「わざわざ、ありがとな。」

と、プリントを高松くんから受《う》け取《と》った。

だが、高松くんは、徹平は見ずに、ひじりの顔をじっと見つめたままだ。

「じょ、女子の家だって……思わなかった。」

「ここは、オレんちみたいなもんだ。な、ひじり。」

徹平はおおらかに笑《わら》って、ひじりの肩《かた》をたたく。

「親戚《しんせき》なの？」

「いや、ちがう。ただのおさななじみさ。」

ひじりは徹平を見あげた。徹平はなんでもないように言いながらも、ちょっと得意《とくい》そうな表情《ひょうじょう》に見える。そういえば、ずいぶん大きくなった。気がつかなかったけれど、高松くんに

くらべるとわかる。頭ひとつぐらい背《せ》が高い。

「いいな。女子のおさななじみがいるって。」

高松《たかまつ》くんはそう言うと、じゃ、またな徹平《てっぺい》、と言って、玄関《げんかん》を出ていった。

ひじりはなんだかぼおっとして、そこに立ったままでいた。

雷《かみなり》に打《う》たれたみたい、とふと思った。

なんでかわからないけれど、高松くんのきれいな目に心がひかれた。

「てっちゃん、あれだれなの？」

「高松。同《おな》クラの。」

「そうなんだ、二組なんだ。見たことなかった。」

「そうか？　一年んときからいたぜ。」

徹平は、肩《かた》をすくめるとひじりの部屋《へや》に戻《もど》る。

「ねえ、てっちゃん。高松くんの下の名前ってなに？」

「知らねえよ。」

「知らないってことはないでしょ。同じクラスなんだもの。」

「えっとな、健次《けんじ》だったかな、幸司《こうじ》だったかな、あ、翔太《しょうた》だったかな……。」

「もう、ぜんぜんちがうじゃない、いいかげんなんだから。」

ひじりは徹平《てっぺい》の背中《せなか》をたたいた。

「ねえねえ、てっちゃん、それで高松《たかまつ》くんはどこに住《す》んでるの？」

「どんぐり公園のとなり……。」

「公園のどっちがわ？　南？　北？」

「どっちが北でどっちが南か、オレわかんねえよ。」

「何色の家？」

「気にしたことないから、わかんねえ。」

「じゃ、じゃ、こんど公園のところ通ったとき、どの家か、教えて。」

「知ってどうすんだよ。高松の家なんて。」

「……………」

どうするなんて、考えていなかったので、ひじりは口ごもった。

どうしてこんなに、高松くんのことを知りたいんだろう。けっして遊《あそ》びに行きたいなんてことじゃない。

そうなんだ、とその晩《ばん》、ベッドに入って、暗《くら》がりで考えてみて、やっとひじりには、自分の気持《きも》ちがわかった。

これは恋《こい》だ。

ある日雷《かみなり》に打《う》たれたように、だれかを好《す》きになる。

それがひじりにも来たのだ。

(うれしい。)

ひじりは、生まれてはじめて恋《こい》をしているのだ。

高松《たかまつ》くんのあの赤くなったほっぺたを思い出す。ひじりの顔を見たあわてぶりが、すごくかわいかった。

——いいな。女子のおさななじみがいるって。

と、高松くんは言ったのだ。

(いいなっていうのは、あたしのこと気に入ったからなんだろうか?)

少なくとも赤くなったんだから、ひじりのことをなんとも思っていないというわけではないだろう。

高松《たかまつ》くんのあの目が、すてきだと思う。

眼鏡《めがね》もいい。

あの黒縁《くろぶち》の眼鏡《めがね》は、ひじりが大好《だいす》きなファンタジー映画《えいが》の主人公《しゅじんこう》、ハリー・ポットマムみたいじゃないか。そう思ってみると、高松くんの顔も雰囲気《ふんいき》も、ハリーそっくりだ。

やさしそうなところ。

はにかんだような、シャイな笑顔《えがお》。

あの人が、好《す》きになっちゃったんだ。

まちがいない。

ひじりの初恋《はつこい》だ。

高松くんは、ひじりの初恋《はつこい》の人なんだ。

昨日《きのう》、徹平《てっぺい》が珍《めずら》しく風邪《かぜ》で休んで、高松くんがプリントを届《とど》ける役《やく》になって、徹平が休んだ日に届《とど》け忘《わす》れて、それで今日来て、徹平が家にいなくて、徹平のママがいつもは会社から帰るのが遅《おそ》いのに早く帰っていて、ひじりの家を教えて……。

そんなふうにすごい偶然《ぐうぜん》が重《かさ》なって、いままで同じ学年だったのになんの縁《えん》もなかった高《たか》松《まつ》くんに会えた。そして、まるで奇跡《きせき》みたいに、ひじりがあこがれていた、すてきな恋《こい》が始《はじ》まったんだ。

(でも、高松くんはあたしのこと、どう思っているんだろうか。)

そう思ったら、なんだか、またどきどきしてきた。

2

オレにおぼれろ

ひじりの親友は、同じ組の倉田《くらた》かずさだ。

かずさは空手を習《なら》っている元気っ子だ。ただ習《なら》ってるだけじゃない。すごく強くて、小学生なのに黒帯《くろおび》だ。

かずさは、夏休み前あたりから、好《す》きな人がいるのと言っていた。

だれなの教えて、教えてって何度《なんど》も頼《たの》んで、やっと、電車で二駅《えき》ぐらい行ったところの学校の人で「佐々木《ささき》」っていうんだ、と教えてもらった。

それからは、かずさのほうから、佐々木がね、佐々木がね、といっぱい話をしてくれる。

空手教室のある水曜日だけに会えるのだ。

よその学校の人だと、会ったことも見たこともなくて、どんな人かよくわからないから、あいづちを打《う》ってあげるのも、ちょっと大変《たいへん》だ。でも、かずさが好《す》きな人なんだから、佐々木くんは、きっといい人だと思う。

夏休みの直前に、かずさは佐々木くんの地元の夏祭《なつまつ》りまで、がんばってでかけるんだと言っていた。

そのあとどうなったかなと思っていたら、夏休み明けに、すごくうれしそうな顔をして学校にやってきて、合宿《がっしゅく》でいっしょだったと言う。

「毎日、会えたんだよー。」

うふふ、とかずさはうれしそうな顔で、笑《わら》った。

「家が遠くても、倉田《くらた》が会いたくなったら、オレがいつでも会いにきてやるよって、佐々木《ささき》は言ってくれてるけど、やっぱりね。学校がちがったら、そう会えるもんじゃないし。」

「両思《りょうおも》いなの？」

「まーね。はっきり好《す》きだって言ったことはないけど、おたがいわかるじゃない？」

「わかるもんなの？」

「そりゃね、そういうふうになったら。」

「そっかー。」

高松《たかまつ》くんはどうなんだろう。

そう考えたのがわかったのか、かずさは、

「ふうん、ひじり。なにかあったでしょ？　恋《こい》？」

と、ひじりの顔をのぞきこむ。

「えっ、わかる？」

なんて、うっかり返事《へんじ》をしてしまったものだから、大変《たいへん》だった。

「ひえぇ、ひじりが恋《こい》をしたっ。」

かずさが大声を上げた。

「うそー。だれなの？」

女子たちが、たくさん集《あつ》まってきた。

「あたしが恋《こい》するのって、そんなに意外《いがい》？」

「えーだってさ、いつも徹平《てっぺい》くんといっしょだし……あ、わかった、相手《あいて》は徹平くんでしょ。」

みんなに、みょうなあてずっぽうをされる。

「ちがうちがう。」

ひじりは、目の前で手を大きく振《ふ》った。

「てっちゃんは、ただのおさななじみ。」

「わあ、ただのって、もったいないよ。徹平くん、背《せ》高くってカッコイイじゃない。」

「ほんとほんと、いつも仲《なか》よくってうらやましい。」

「徹平《てっぺい》くんいらないなら、あたしがもらう。」

話が変《へん》な方向《ほうこう》にそれたのを、かずさが引きもどした。

「じゃ、徹平くんじゃないなら、ひじりが好《す》きなのは、だれなの？」

「た、高松《たかまつ》くん……。」

結局《けっきょく》しゃべってしまうはめになる。

「ええっ、二組のあの影《かげ》うすい人？」

「どうして？　どうして、高松くんなの？」

「昨日《きのう》、てっちゃんに会いに来て、やさしそうな人だなあって……。」

あたりがしんとして、へえ、というようなみんなの目が、ひじりを見つめていた。

「高松くんを好《す》きになっちゃ、おかしい？」

「そ、そんなことないよ。高松くん、すてきじゃん？　ね、みんな。」

かずさが、とりなすように言った。

みんなつられたように、うんうんとうなずく。

「でしょ、ね、目がきれいでしょ。」

「う、うん……。」

「眼鏡《めがね》がいいでしょ。」

「う、うん……。」

「ハリー・ポットマムみたいでしょ。」

「そ、そういえばそうかも……。」

みんながしぶしぶそう言うなかで、かずさが、うんと大きくうなずいた。

「いいじゃん、だれかが気になったら、その瞬間《しゅんかん》からが恋《こい》なんだから。わかった、ひじり。あたし協力《きょうりょく》してあげる。」

かずさは、ひじりの手を取《と》って、勢《いきお》いよくぶんぶんと振《ふ》った。


それから、かずさは、二組に行っては、空手教室でいっしょの男子なんかに、高松《たかまつ》くんのことをいろいろ聞いてきてくれるようになった。

「二人兄弟で、お兄ちゃんは中学生だって。」

「好《す》きな科目は、家庭科《かていか》だって。後ろの掲示板《けいじばん》に貼《は》ってあった。」

「なんで、家庭科《かていか》なの？」

「わかんない。理由《りゆう》は書いてなかった。」

「ふうん……。」

「でも、水泳《すいえい》が上手だって。それから、英語習《えいごなら》ってて、英検《えいけん》三級持《きゅうも》ってるんだって。中学生と同じぐらいできるって、同じ英語塾《えいごじゅく》の子が。」

「え、ほんと？」

どきどきが速《はや》くなった。あの顔で英語《えいご》しゃべったら、ほんとうにハリーみたいじゃないか。

「す、好《す》きな人いるのかな？」

「聞いてきてあげる。」

昼休み、かずさは、そう言うなりいなくなったけれど、ひじりは心配《しんぱい》になった。

聞いてきてあげるって、まさか本人に聞くわけじゃないだろうな。

そう思ったのに、かずさがまだ戻《もど》ってこないうちに、二組の男子が何人か、教室をのぞきに来た。

「あれ？」

「あれだよ、あれ。」

ひじりを指《ゆび》さしている。

なに？　なに？　と思ううち、男子たちは、教室に入ってきた。

あっという間に、ひじりの机《つくえ》は、男子の集団《しゅうだん》に囲《かこ》まれた。

「高松《たかまつ》が、おまえのこと好《す》きなんだって。」

えっ、とひじりはびっくりして固《かた》まった。

女子たちが聞きつけて、また集《あつ》まっておおさわぎになる。

「うそー。」

「きゃあ、ひじりよかったね。」

そこへ、かずさが走って戻《もど》ってきた。

「ちょ、ちょっとあんたたち、なに言ってるのよ。」

「高松が言えないって言うから、言ってやったんだ。」

高松《たかまつ》が
おまえのこと
好《す》きなんだっ
て――
…え?
うそ
なんだって!?
キャー
だれ!?

「もう、人の気持《きも》ち、もてあそんで、からかって。あんたたち、こうしてやる。」

かずさはふんっと息《いき》を吐《は》いて、空手のかっこうをしてみせた。

「ぎゃあ、こええ、こええ！」

「こいつ、黒帯《くろおび》だぜ。」

男子たちは、くもの子を散《ち》らすように逃《に》げてゆく。

「ほんとに、もう。あたしが、知ってる子に、高松《たかまつ》くんって好《す》きな人いるのかな？　って
そっと聞いただけなのに、おおさわぎして。ろくでもないやつらなんだから。」

かずさは、ほっぺたをふくらます。

「じゃ、わかっちゃったかな、あたしが好《す》きなこと、高松くんに……。」

いまさらのように恥《は》ずかしくなってきた。

「かもしれない。ごめん。ちょっとやりすぎたかな。でも……。」

と、かずさは、目をぱっと輝《かがや》かせた。

「ひじり、いいチャンスかも。」

「チャンスって？」

「いっそ、本人に聞いてみるのよ。」

「え？　なんて？」

「あいつらが、あんたがひじりのこと好《す》きだって言ってるけど、ほんと？　って。」

「いやだああ、そんなこと聞けないよ。それじゃ告白《こくはく》するのと同じじゃない。」

「ちがうよ、ただ、ほんとうかどうか聞くだけなんだし。じゃ、あたしが聞いてあげるよ。」

かずさは、ひじりを引っぱって廊下《ろうか》に出ると、どんどん二組のほうに進《すす》んでいった。

二組でも、なんだかきゃあきゃあおおさわぎになっている。

高松《たかまつ》くん、どうなのよ、と女の子の声が、教室の中から聞こえる。

（かずさの言うとおりかも。）

と、ひじりはふと思った。さわがれて恥《は》ずかしいけれど、こんなふうにうわさになったまま、知らん顔して黙《だま》ってすごすよりも、かずさにちゃんと、どうなのかを聞いてもらったほうがいいかもしれない。

かずさは、二組の教室に飛《と》びこんだ。ひじりも、続《つづ》く。

そのとたん、かずさの肩《かた》ごしに、教室の隅《すみ》に立っている徹平《てっぺい》と目が合った。

徹平《てっぺい》、いるんだな、と思っているうち、かずさはひじりを引っぱったまま、高松《たかまつ》くんの前に立っていた。

「高松くん、ひじりのこと好《す》きってほんと？」

かずさの言葉《ことば》に、高松くんは真《ま》っ赤《か》になってひじりを見る。

でも口はもごもごするだけで、言葉《ことば》は出てこない。

（どっちなのかな、好《す》きって言ってほしいな。）

ひじりの胸《むね》はどくどくと打《う》ち、頭に響《ひび》くくらいだ。

はじめての恋《こい》だ。

実《みの》るんだろうか、どうなんだろうか。

告白《こくはく》するわけじゃないと、かずさは言ったが、返事《へんじ》を待《ま》っているこの時間の不安《ふあん》は、告白《こくはく》と同じだと、ひじりは思った。

「はやく返事《へんじ》しなよー、たかまっちゃん。」

「そんなこと、高松くんがかわいそうよー。公開告白《こうかいこくはく》になっちゃう。」

「いいじゃん、言っちゃえば。」

みんながはやし立てる。
高松《たかまつ》くんの唇《くちびる》が、開《ひら》いた。
「オ……オレ。」
オレ、どうなの?
好《す》きって言ってくれるの? それとも……。
どくどくと脈《みゃく》の響《ひび》くひじりの耳に、聞こえたのは、冷《つめ》たい言葉《ことば》だった。
「べつに源川《みながわ》さんのことなんて、好《す》きじゃないから。」
あーあ、というような声がした。
かずさが、しまった、ごめん、というような顔をしたのがわかった。
(好《す》きじゃない、好《す》きじゃなかったんだ。)
目の前が暗《くら》くなるような気がした。
いや、これは涙《なみだ》だ。
涙《なみだ》で目が曇《くも》ったのだ。
そのときだ。

後ろから、ひじりの肩《かた》をかばうようにぐっと引く手があった。

「高松《たかまつ》、それ、本気で言ってんのか。」

徹平《てっぺい》の声だ。

すぐわかる。

高松くんがびっくりして、徹平を見あげたのもわかった。

「いや、だからもう、みんなやめてって……。」

いいわけのように、つぶやく。

「それがおまえの本当の気持《きも》ちだったら、ひじりはオレがもらうから。」

徹平は、厳《きび》しい声を出すと、自分の腕《うで》で、ひじりを囲《かこ》うようにすると、そのまま教室の外に連《つ》れ出《だ》した。

「いくぞ、ひじり。」

ぐいぐいと、廊下《ろうか》を進《すす》む。非常口《ひじょうぐち》の外に出てドアを閉《し》めてから、徹平は、ひじりを自分のほうに向《む》かせて、あごに手をやり、顔を上げさせた。

指《ゆび》で、ひじりの目にたまる涙《なみだ》を払《はら》う。

「おまえがオレのこと、ただのおさななじみだとみんなに言ってるのは、知ってる。おまえがそう思っている以上《いじょう》、オレは無理《むり》は言わないつもりだった。場合によっては、おまえのこと、あきらめるつもりだった。」

徹平《てっぺい》の目は真剣《しんけん》だ。徹平のこんな真剣《しんけん》な目、はじめて見たと、ひじりは思った。

「あいつがひじりを泣《な》かせるなら、オレはもうあきらめるのはやめた。おまえがおさななじみとしか思えないというのだったら、そうでないと思わせてやる。」

徹平は、射《い》るように、ひじりの目を見つめている。

「オレのことしか見えなくなるくらい夢中《むちゅう》にさせて、もうおさななじみだからなんて言わせないから。」

言葉《ことば》は速《はや》く、その勢《いきお》いにのまれて、ひじりは返事《へんじ》もできない。

「オレにおぼれろよ、ひじり。」

徹平は、声を抑《おさ》えて命令《めいれい》するようにそう言うと、くるりと背《せ》を向《む》けて、非常口《ひじょうぐち》のドアを開《あ》け、勢《いきお》いよく廊下《ろうか》を駆《か》けていった。

オレのことしか見《み》えなくなるくらい夢中《むちゅう》にさせて
もうおさななじみだからなんていわせないから
源川《みながわ》ひじり 六年生《ねんせい》

3

三角関係《さんかくかんけい》の始《はじ》まり？

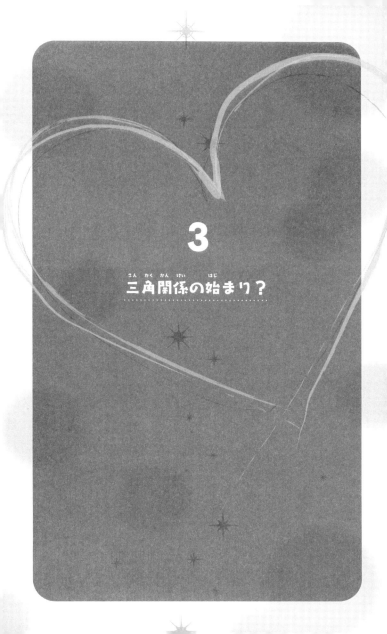

その日、徹平《てっぺい》は、学校が終《お》わってもひじりの家に来なかった。理由《りゆう》がなくて来ないのは、はじめてと言っていいぐらいのことだ。

「てっちゃん、どうしたのかしらね。また風邪《かぜ》かしら？」

おかあさんが、心配《しんぱい》していたが、ひじりはびっくりが収《おさ》まって、だんだん腹《はら》が立ってきていた。

（来ないなら来ないでいいよ。）

まるで、ひじりが自分の持《も》ち物《もの》みたいに、徹平は思っていないか。

すごく強引《ごういん》で突然《とつぜん》だった。

（あのときのキスだって……。）

たしかにひじりは、

――キスしたいなあ。だれかしてくれないかなあ。

と言ったけれども、それは、恋《こい》がしたい、恋《こい》が実《みの》ってキスができるような場面《ばめん》にならないかなと言っただけのことで、徹平にしてくれと頼《たの》んだわけではない。徹平だってそのぐらいわかっていたはずなのに、

——おまえがキスしてくれって、言っただろ。

——だから、してやったんだ。

なんて、偉《えら》そうに言ったのだ。

(ひとつまちがったら、セクハラじゃない。)

おさななじみの徹平《てっぺい》だから、許《ゆる》してやったのだ。

あんなのキスにも入らないと思って忘《わす》れるつもりだったけれど、やっぱり忘《わす》れることはできない。あれはひじりのファーストキスだった。

今日、徹平は、また偉《えら》そうに、

——オレにおぼれろよ。

なんて言ったが、ひじりにしてみれば、

(てっちゃんなんかに、おぼれるわけがない。)

のだ。

ニャー、と声がしたので、下を見ると、猫《ねこ》のつぶが、ひじりの足にまとわりついていた。

「てっちゃんは、来ないよ。」

ひじりはつぶを抱《だ》き上《あ》げて、ベッドにこしかけると、耳元にそうささやいた。

つぶは、最初《さいしょ》、どんぐり公園に捨《す》てられていたのだった。

段《だん》ボール箱《ばこ》に入っていたつぶを見つけたのは、ひじりだった。もちろんそのときは、つぶって名前もついていなかったし、赤ちゃん猫《ねこ》だったけれど。

雨が降《ふ》るといけないと思って、コンクリートの小さな築山《つきやま》の下にあるトンネルに、箱《はこ》ごとつぶを入れた。

この築山《つきやま》の下のトンネルは、二人の秘密基地《ひみつきち》みたいなもので、ここに入っていつも遊《あそ》んでいたのだ。

その日、徹平《てっぺい》はいつものように、トンネルに入ってきて、箱《はこ》の中のつぶを見て固《かた》まった。出るに出られず、それ以上《いじょう》中に入ることもできず、入り口でしゃがんだまま、ただびっくりして泣《な》きべそをかいた。

あれはいくつのときのことだっただろう。

ひじりは、だいじょうぶだからね、と徹平をなだめ、こわくないから、と手を引いて中に入れてやった。

なんだから!
こわく
ない!
す
だいじょうぶ
ひじりが
手《て》つないでて
あげる
てっちゃんは
ちいさくて
こわがりで
泣《な》き虫《むし》で
ほっとけない
弟《おとうと》みたいな存在《そんざい》
だった

徹平《てっぺい》はようやくひじりの横《よこ》にしゃがんだものの、ひじりと手をつないだままだった。そしてつぶを触《さわ》ることもできずに、こわいよーと泣《な》いたっけ。

いまじゃ、つぶもすっかりおばさん猫《ねこ》になって、最初《さいしょ》からうちにいたような顔をしている。徹平も、来てはつぶをひざに乗《の》せて、狭《せま》い額《ひたい》の皮《かわ》をつまんだり、しっぽで結《むす》び目《め》を作ろうとして、つぶにいやがられているけれど。

徹平はつぶをこわがったことを、もう忘《わす》れていると思う。

だけど、ひじりにとっては、徹平はあのときの泣きべその徹平のままだ。まるで弟みたいな。

そんな徹平に、ひじりが「おぼれる」なんて、ありえない。

次《つぎ》の日、学校に行ってみると、一組の黒板《こくばん》にはでかでかと、

——てっぺー VS《ブイエス》 高松《たかまつ》くん

——三角関係《さんかくかんけい》

——ひじりをGET《ゲット》するのはどっちだ

と、書いてある。

「もう、やめてよ。」

言いながら、黒板《こくばん》を消《け》しはじめる。

男子たちは、それでも、

「ひじりはオレがもらうからー。」

と、徹平《てっぺい》の口まねをしたり、

「どっちとつきあうんですかー。」

「ひゅーひゅー。」

などとはやし立てながら、ひじりの周《まわ》りで踊《おど》っている。

(なんでこういう目にあうんだろう。)

ため息《いき》が出た。

そこへ、かずさが登校《とうこう》してきて、こんなことしたら承知《しょうち》しないよと、空手のポーズで男子を追《お》い払《はら》ってくれる。

二人、並《なら》んで、黒板《こくばん》を消《け》した。

「ごめんね。」

「かずさのせいじゃないよ。」

「でも、そもそも、あたしが高松《たかまつ》くんの好《す》きな人知ってる？　って聞いちゃったからだよね。でもその子は、高松が、源川《みながわ》さんっていいな、かわいいな、って言ってたぜ、って言ってたんだよねー。」

「でも、あたしのことなんて、なんとも思ってないって、高松くん、自分で言ったよ。」

思い出すと、また涙《なみだ》が出そうだ。

「照《て》れじゃないの？　みんなで取《と》り囲《かこ》んで、あんなふうにつめよったんだもの。恥《は》ずかしいよ。」

「そうかなあ。」

「びびるよ、フッー。でも、それ考えたら、徹平《てっぺい》くんってすごいって思った。」

ひじりはちょっとびっくりして、黒板消《こくばんけ》しを動《うご》かす手を止めた。

「なんで？　てっちゃんが？」

「だって、あんなに堂々《どうどう》と、ひじりはオレがもらう、なんて宣言《せんげん》したんだもの。」

「そうかなあ。」

ひじりにはそうは思えない。

頼《たの》みもしないのに勝手《かって》に割《わ》りこんできて、騒動《そうどう》を大きくしただけじゃないか。

「あんなふうに強引《ごういん》に言ってくれる人がいるって、すごくいいじゃないの。」

かずさは、自分で言って、自分でうんうんとうなずいている。佐々木《ささき》くんのことでも思い出しているのだろうか。

「いいかなあ……。」

「もちろん、徹平《てっぺい》くんはあたしの好《この》みじゃないけどね。でも、今回、徹平くん見直しちゃったよ。人の目なんててんで気にしてなくって、自分に正直で、すごく男らしいじゃない？」

そんなふうに徹平のことを考えたことはなかった。あんまり近すぎるためかもしれない。

でもかずさにほめられると、うれしくないわけでもない。やっぱりそのへんはおさななじみ、きょうだいみたいなものだ。

「そう、かな……。」

「そうだよ。ありがとうって言ってもいいぐらいだよ。」

昨日《きのう》のことで、徹平《てっぺい》にありがとうと言う、なんて思いつきもしなかった。でも、やっぱりそんな気には、なれない。

「なに？　なに？　徹平くんの話？」

女子が集《あつ》まってくる。

「いいな、ひじり。あんなカッコイイ人とおさななじみなんて。」

「うらやましい。わたしも、グイグイ言われてみたい。」

「ひじり、もう徹平くんに決《き》めちゃいなよ。」

男子たちも聞き耳を立てていた。またさわぎになりそうだ。ちょっとうんざりしてきたので、少し、乱暴《らんぼう》な答えになる。

「決《き》めちゃうって言われても、あたしたちの間には、てんで、まったく、ぜんぜん、なーんにもないんだから。あれはてっちゃんが、勝手《かって》に言ってるだけなんだから。」

「でも、徹平くんはひじりが好《す》きなんでしょ。」

そうなんだろうか？

そういえば、徹平から、「好《す》き」なんて言葉《ことば》を聞いたことは、一度《いちど》もない。

昨日《きのう》だってそうだ。

ただ、強引《ごういん》に引っぱっていって「オレにおぼれろ。」なんて命令《めいれい》しただけだ。

(てっちゃんって、ほんと自分勝手《じぶんかって》。あたしの気持《きも》ちなんて、これっぽっちも考えてないじゃないか。)

思えば、だんだん腹《はら》も立ってくる。

ちゃんと「好《す》きだ。」と告白《こくはく》して、おまえは? と聞いて、ひじりの気持《きも》ちを確《たし》かめてから、みんなに言うべきじゃないのか。

なんか順序《じゅんじょ》、まちがってる。

「徹平《てっぺい》連れてくるから、本人に聞いてよ。」

ひじりはそう言うと、廊下《ろうか》を駆《か》けだした。

「てっちゃん、てっちゃん、ちょっと来なさいよ。」

二組から徹平の腕《うで》を引っぱってきて、一組の教室に戻《もど》る。

「さあ、てっちゃん、みんなに、ちゃんとほんとうのことを言って。あたしとてっちゃんは、好《す》きだとか好《す》きじゃないとか、そんな話をしたことは、いままでいっぺんもないよね。

昨日《きのう》のことは、てっちゃんが、一人で言いだしたことだよね。」

徹平《てっぺい》は、ちょっと肩《かた》をすくめてひじりを見おろした。

そして宣言《せんげん》するように言った。

「ひじり。おまえはオレのものにするって言っただろ。高松《たかまつ》なんかに渡《わた》さねーからな。」

そのとたん、きゃ、カッコイイ、いいなひじり、うらやましい、とまた、みんながわいわいさわぐ。

「もう、てっちゃんは。そういうことばっかり言うんだから。最近《さいきん》、おかしいんじゃないの？」

ひじりは、頭に来て、教室を飛《と》び出《だ》した。

なにがカッコイイだ。

徹平は、なんで変《か》わっちゃったんだろう。

あんな子じゃなかったのに。

弟みたいだったのに。

さっぱりわからない。

階段《かいだん》を降《お》りようとしたとき、高松《たかまつ》くんが隠《かく》れるように、段《だん》にこしかけているのに気がついた。

「あ、源川《みながわ》さん。」

ひじりを見あげた顔が、みるみるうちに真《ま》っ赤《か》になる。

「へ、変《へん》なことになっちゃって、ご、ごめんね、オレのせいで……。」

「そんなことないよー、高松くんのせいじゃないよー。」

ひじりはそう言って、隣《となり》にこしかけた。

高松くんはどきっとしたように横《よこ》を向《む》き、ひじりを見つめると、恥《は》ずかしそうにうつむいて、ひざに顔をつけた。

「それに……みんなの前で、ひどいこと言って……ごめんね……。」

ちょっと肩《かた》が震《ふる》えているようにも見える。

泣《な》いているのかな。

ひじりは、横《よこ》からのぞきこむように、高松くんを見た。

高松《たかまつ》くんは顔を上げようとしない。

それを見ていたら、ひじりはなんだか、また、どきどきしてきた。

（あたしは高松くんが好《す》き。なんとも思ってないって言われても、やっぱり好《す》き。）

その気持《きも》ちを隠《かく》すように、明るい声を出す。

「ううん、気にしてないよ。」

「ほんと？」

高松くんは、顔を上げて、ひじりを見た。

眼鏡《めがね》ごしのまっすぐな目だ。

「うん、ほんと。あ、それからてっちゃんのことは気にしないでね。あれはてっちゃんが勝《かっ》手《て》に言ってるだけだから。」

ひじりがそう言うと、高松くんはちょっとうれしそうにほほえんだ。

「うん、わかったよ。」

徹平《てっぺい》はあいかわらず、家には来ない。

ううん
気《き》にしてないよ
あたしは高松《たかまつ》くんが好《す》き
あ！てっちゃんのことは気《き》にしないでね
かってにいってるだけだから！
う うん

「てっちゃんも大きくなったのね。お年頃《としごろ》なのねえ。」

おかあさんはわけのわからないことを言って、菓子皿《かしざら》に出したおやつを袋《ふくろ》に戻《もど》したりしている。残念《ざんねん》そうな顔が、ちょっと気《き》の毒《どく》だ。

来にくくなったのはひじりのせいだとは知らないだろうけれど、お年頃《としごろ》、という言葉《ことば》にどきりとする。

(だって、悪《わる》いのは、てっちゃんのほうだし。)

どう考えても、そうとしか思えない。

ひじりとしては、徹平《てっぺい》が来なくなって、さびしいような、そうでないような、複雑《ふくざつ》な気持《きも》ちだ。

いつも部屋《へや》にいた人がいなくなって、気軽《きがる》に宿題《しゅくだい》の相談《そうだん》をしたり、今日あったことを話したりしていたのが、できなくなって、気が抜《ぬ》けたような感《かん》じもする。

でも、じゃあ、徹平が現《あらわ》れて、またキスをしようとしてきたり、オレのものになれ、みたいな態度《たいど》を取《と》ったら、どうしていいのかわからない。来ないほうが、めんどくさくなくていいような気がする。

（もう、てっちゃんのことは忘《わす》れよう。）

ひじりはそう決《き》めた。

ひじりの好きなのは、高松くんなわけだし。

高松くんのほうは、あいかわらず、廊下《ろうか》ですれちがうと、立ち止まって、まるであいさつするみたいにちょっとだけ頭をさげる。そのとき、みるみる顔が赤くなるのを見ると、やっぱりひじりのことを気にしてくれているのかな、とうれしい。

「高松くん、あんなこと言ってたけど、やっぱりあたしのこと好《す》きなのかなあ。」

つい、かずさに言ってみたりする。

「かもね。」

「かも、なの？」

ちょっと不満《ふまん》だ。好《す》きじゃなかったら、あんなに顔が赤くなるだろうか。

「うーん、人の気持《きも》ちなんて、結局《けっきょく》わかんないじゃん。自分の気持《きも》ちだって、よくわかんないぐらいなのに。」

「でも、あたしは、自分の気持《きも》ち、わかってるよ。高松くんが好《す》きなの。」

「なぜ？」

かずさは、挑戦《ちょうせん》するようにひじりを見る。

「なぜって……かわいいもの。あのほっぺたが赤くなるところとか。」

「なぜかわいいの？　ほっぺた赤くなるのが。」

「だって……。」

と、考えてみる。言葉《ことば》にするのは難《むずか》しい。

「そう……好《す》きなのに、言えないでがまんしてるって、感《かん》じが、かな。」

「じゃあ、ひじりは、自分のことを好《す》きな人が好《す》きってこと？」

「えっ？」

ちょっとびっくりして、ひじりは口ごもった。

高松《たかまつ》くんが赤くなるのが、ひじりは実際《じっさい》とっても気に入っている。だったら、そうなのかもしれない。

じゃ、と思う。

徹平《てっぺい》はどうだろう。

徹平《てっぺい》はひじりのこと、好《す》きなんだろうか。なんだか、最近《さいきん》、グイグイ迫《せま》ってくる。

でも、好《す》きだとは言わない。

ひじりは、高松《たかまつ》くんが自分のことを好《す》きみたいに思えるから、好《す》きなんだろうか。


その次《つぎ》の日のことだった。

そうじの時間、ひじりは教室のゴミ箱《ばこ》の中身《なかみ》を捨《す》てようと、中庭《なかにわ》に出た。ここを横切《よこぎ》った先、向《む》かいの校舎《こうしゃ》の奥《おく》にゴミ集積所《しゅうせきじょ》があるのだ。

出たとたん、高松くんの姿《すがた》に気がついた。

（あ、いた。）

どきどきする。

中庭《なかにわ》のそうじは、二組の担当《たんとう》だ。高松くんは、ほうきとちりとりを持《も》って、かがんでいる。十メートルぐらいの距離《きょり》があるが、表情《ひょうじょう》は見えた。ひじりには気がついていない。

話しかけようかなと、一歩近づいたときだ。

「たかまっちゃーん。ちりとり貸《か》して。」

二組の女子が、駆《か》けてきた。

はい、と手渡《てわた》した高松《たかまつ》くんの顔を見たとき、ひじりははっとした。

真《ま》っ赤《か》になっている。

(ひょっとして、赤くなるのは、あたしにだけじゃない?)

そう思ったところ、その女子は、高松くんからちりとりを受《う》け取《と》って、からかうように笑《わら》った。

「あんた、真《ま》っ赤《か》になりすぎでしょ。」

「そ、そうかな……。」

「そうだよ。もう、ほんと、たかまっちゃんったら、女子相手《あいて》だと、だれにでも赤くなるよね。」

その言葉《ことば》に、一瞬《いっしゅん》、あたりが真《ま》っ白《しろ》に見えた。

女子相手《あいて》だと、だれにでも赤くなる。

(そうだったんだ……。)

頭の上から、水をかけられたみたいな気がした。

ひじりは、植《う》え込《こ》みに隠《かく》れるようにして、早足で中庭《なかにわ》を横切《よこぎ》った。なるべくゆっくりゴミを捨《す》てた。帰りにそっと中庭《なかにわ》をのぞいてみると、もう高松《たかまつ》くんもその女子もいなくなっていた。

それから、午後の授業《じゅぎょう》もあったはずだし、委員会《いいんかい》もあったはずだけれど、そして、いつもと同じように下校して、家にも帰ったはずだけれど、ひじりはよく覚《おぼ》えていなかった。

気がつくと、どんぐり公園の築山《つきやま》の下のトンネルにいた。

ここは、ひじりの小さいころの隠《かく》れ場所《ばしょ》だった。おかあさんに叱《しか》られたときとか、なにか壊《こわ》してしまったようなときに、よくここでひざをかかえて、じっとしていたものだった。

——女子相手《あいて》だと、だれにでも赤くなるよね。

二組の女子の声が、ひじりの耳の底《そこ》にこびりついている。

そういうことだった。

(ばかだね、あたし。)

あのとき、はっきりとみんなの前で、なんとも思っていないと言われたのに。

高松《たかまつ》くんが、ひじりのことをほんとうは好《す》きなんじゃないか、ってまだ考えていた。

でも、ひじりは高松くんにとって、ほかの女子とぜーんぜん同じなんだ。

ふうっとため息《いき》をついたそのとき、トンネルの中が急《きゅう》に暗《くら》くなったのを感《かん》じて、目を開《ひら》いた。

だれかが入り口をふさいでいる。

小さな子じゃない。もっと大きい人。

「ひじり、やっぱりここ、いたんだ。」

声は、徹平《てっぺい》だった。

「てっちゃん!」

びっくりして、大きな声が出た。

徹平は最近《さいきん》家に来ていないのに、どうしてひじりがここにいることがわかったんだろうか。

「なんか、しょぼくれた顔して下校してるの見たから、きっとここに来てるなと思って。」

徹平は、そう言うと、しゃがんだまま、どんどんとトンネルの中に入ってきた。

「ちょ、ちょっと。」

小さいトンネルの中は、ぎゅうぎゅうだ。

出るに出られず、ひじりはトンネルの壁《かべ》に押《お》しつけられた。

徹平《てっぺい》は、体の片側《かたがわ》をひじりに接《せっ》したまま、反対側《はんたいがわ》は、やっぱりトンネルの壁《かべ》に貼《は》り付《つ》いている。頭は天井《てんじょう》につかえて、背《せ》を丸くするだけではすまず、前のめりのようになっていた。

「小さくなったな、これ。」

「ちがうでしょ、あんたが大きくなったの。」

ひじりは言ったが、なんだかくすりと笑《わら》えた。

いつの間に、徹平はこんなに大きくなってしまったのだろう。

ふと気がつくと、おたがいの位置《いち》は昔《むかし》と同じだった。

トンネルの入り口に向《む》かって左がひじりで、右が徹平だった。

なんでみょうな顔をしたのか、とか、なんでここに来たのか、とか聞かれたらなんて答えようかとふと思ったが、徹平はなにも言わなかった。

しばらく黙《だま》って座《すわ》っていた。

徹平《てっぺい》のぬくもりが、互《たが》いに接《せっ》した体から伝《つた》わってきた。

ひじりは口を開《ひら》いた。

「よく、ここで遊《あそ》んだよね。」

「ああ。」

「つぶを隠《かく》したのもここで。」

「うん、最初《さいしょ》、オレ、つぶがこわくってさ。」

「え、覚《おぼ》えてたの？」

「もちろんさ。おまえが、だいじょうぶって、手を引っぱってくれて、ここにこうやって座《すわ》ったよな。」

そうか、徹平は覚《おぼ》えていたんだと思うと、少しうれしくなった。

「それでやっぱりつぶをここには置《お》いておけないからって、おまえの部屋《へや》に持《も》っていったよな。」

そうだった。

おかあさんが、猫《ねこ》を飼《か》っていいとは言ってくれないと、知っていた。おばあちゃんちの猫《ねこ》が、年をとって死《し》んだばかりだったからだ。おかあさんが結婚《けっこん》する前からかわいがっていた猫《ねこ》で、もうペットが死《し》ぬのを見るのはいや、と何度《なんど》も聞かされていたからだった。

でも、つぶは小さくて、このトンネルに入れても、まだぶるぶると震《ふる》えていた。置《お》いておいたら死《し》んじゃう、とひじりは思って、箱《はこ》ごとこっそり持《も》ち帰《かえ》り、自分の部屋《へや》のベッドの下に隠《かく》したのだ。

そうしたら、次《つぎ》の日、外に遊《あそ》びに行っている間に、箱《はこ》からぜったい出られないと思っていたつぶが、どうやったのか、リビングまでよたよたと歩いていき、しかもおしっこをもらしてしまったのだった。

それで、じゅうたんの猫《ねこ》くさいのに気がついたおかあさんに、つぶを拾《ひろ》ってきたことがばれた。

「帰るなり、おばさんに怒《おこ》られたよな。」

「うん。」

おかあさんは、ひじりを叱《しか》った。

だけど……。

ひじりははっと思い出した。

そのとき、徹平《てっぺい》が言ったのだ。

――おばさん、ひじりを叱《しか》らないで。つぶを拾《ひろ》ったのはオレなんだ。ひじりは知らなかったんだ。オレがひじりには内緒《ないしょ》で、ベッドの下に隠《かく》したの。

徹平は、ひじりとおかあさんの間に立ちはだかり、ひじりをかばってくれた。

「そうだったね。おかあさんが、じゃあ、元のところに戻《もど》していらっしゃいねって、てっちゃんに、つぶを渡《わた》そうとしたら、てっちゃん、震《ふる》えて受《う》け取《と》れなくって。」

そのときの徹平の姿《すがた》が思い出される。

ぐっと歯《は》をくいしばり、手を突《つ》き出《だ》して、目をそむけ、それでもつぶをつまもうとしていたが、肩《かた》はぶるぶると震《ふる》えていた。

「そうそう。おばさんに、てっちゃんが拾《ひろ》ったっていうのはうそで、持《も》って帰《かえ》ったのはひじりでしょ、ってばれちゃったんだ。」

そうだった、と、ふふふっと、笑《わら》いがもれた。

徹平も笑《わら》って、顔をまわし、ひじりを見た。

「やっぱりひじりは、笑《わら》ってるほうがいいな。」

え？　と思う間に、徹平《てっぺい》は、もそもそとトンネルを出ていた。

それから、顔だけが入り口から、もう一度《いちど》のぞいた。

「ちゃんと暗《くら》くなる前に帰れよ。おばさん心配《しんぱい》するぜ。」

徹平が、駆《か》けてゆく足音がした。

ひじりは、すきまができたトンネルの中で、もう一度《いちど》、座《すわ》り直《なお》した。

徹平は、ひじりの様子《ようす》がおかしいのに気がついて、わざわざなぐさめに来てくれたのだ。

（てっちゃんは、いつもああだった。）

たしかに、思い出した。忘《わす》れていたけれど。

徹平が震《ふる》えてつぶをつまめなかったのを見たおかあさんは、怒《おこ》るかと思ったら、しかたないわねえという顔をして、

——てっちゃんのその「侠気《おとこぎ》」に免《めん》じて、この猫《ねこ》、飼《か》ってあげることにする。

と、言ったのだ。

子猫《こねこ》もつまめないぐらいの弱虫で泣《な》き虫《むし》なのに、どこが「侠気《おとこぎ》」なんだろう、とそのとき

のひじりは思ったのだが。

（いまは、わかる。）

あのときだけじゃなかった。徹平《てっぺい》は、いつも自分を悪者《わるもの》にして、ひじりをかばってくれた。ひじりだけじゃない、ほかの子にもだ。困《こま》っている人や、苦《くる》しんでいる人を見ると放《ほう》っておけないで、助《たす》けるために自分を犠牲《ぎせい》にするのが「侠気《おとこぎ》」なんだ。

徹平は、あんな小さいときから、「侠気《おとこぎ》」のある子だった。

つぶは、徹平のおかげでうちの猫《ねこ》になったのだった。忘《わす》れていたけれど。

いまだって、徹平と話して、笑《わら》って、ひじりの心はずいぶん軽《かる》くなった。

（てっちゃん……。ありがとう。）

ひじりはつぶやいて、ひざに顔をつけた。

4

たんぽぽ劇《げき》団《だん》

「福祉委員会《ふくしいいんかい》でーす。たんぽぽ劇団《げきだん》作りまーす、参加申《さんかもう》し込《こ》み、よろしくお願《ねが》いしまーす。」

福祉委員会《ふくしいいんかい》の子が、手作りのチラシを配《くば》りながらまわっている。

「え？　劇団《げきだん》？　なにするの？」

「近所《きんじょ》のたんぽぽ幼稚園《ようちえん》に行って、お芝居《しばい》するんだって。」

「やだー、そんなの恥《は》ずかしい。」

女子たちがしゃべっていた。

福祉委員会《ふくしいいんかい》は、災害救援《さいがいきゅうえん》の募金《ぼきん》をしたり、アルミ缶《かん》を集《あつ》めたり、ボランティア活動《かつどう》で草むしりなんかに行くときの世話《せわ》をする委員会《いいんかい》だ。

今回は、なんだか、新しいことを始《はじ》めようと、張《は》り切《き》っているみたいだった。

チラシだけでなく、廊下《ろうか》に大きくポスターも貼《は》ってある。

——劇団員募集《げきだんいんぼしゅう》してます♡

——すてきな劇《げき》を見せてあげて、小さい子と仲《なか》よくなろう！

——幼稚園《ようちえん》の先生になりたい人なんかには、ぴったりの体験《たいけん》ダヨ。

なんて書いてあった。

——練習《れんしゅう》は二週間。放課後《ほうかご》にやります。本番の上演《じょうえん》は、十一月三日（祝日《しゅくじつ》）。たんぽぽ幼《よう》稚園《ちえん》の「お遊戯会《ゆうぎかい》」の日です。

祝日《しゅくじつ》かあ、と思う。

すてきな劇《げき》、というのにちょっとひかれるが、わざわざ休みの日に出ていく気はしない。

（それに、ちがう組のよく知らない人といっしょに劇《げき》をするなんて、めんどくさいよね。）

そう思って、ポスターの前を通《とお》り過《す》ぎようとしたときだ。ふいに、後ろから声をかけられたので、びっくりした。

「み、源川《みながわ》さん……。」

振《ふ》りかえると、高松《たかまつ》くんがいた。いつものように赤くなっている。

「高松くん。」

あの中庭《なかにわ》のことがあってから、なんか気まずくて、あまり出くわさないようにしていた。だから廊下《ろうか》ですれちがいそうになったときは、わざわざ遠回りなんてしていたのに、ここで会ってしまった。

「お、おもしろそうだね、劇《げき》。」

そうかなあ、とは思ったけれど、ふだんむこうから話しかけてくることのない人が、せっかく声をかけてくれたのに、愛想《あいそ》がないのも悪《わる》いから、そうだね、と答えた。

「オレ、やってみようと思うんだ。おかしいかな？」

高松《たかまつ》くんは、真剣《しんけん》な目でひじりを見つめながら、そう言った。

「そんなことないよ。」

ひじりは、その目を見て答えながら、またどきどきしてくるのを感《かん》じた。不思議《ふしぎ》だ。

そうか、と思う。ひじりは、高松くんが自分のことを好《す》きじゃないとわかっても、まだ高松くんが好《す》きなんだ。

これって、理屈《りくつ》じゃない。

「じつは、オレ、将来《しょうらい》、幼稚園《ようちえん》の先生になりたいんだけど、男子が幼稚園《ようちえん》の先生なんておかしいって、みんな、笑《わら》うんだ。」

高松くんは、いっしょうけんめいにそう言っていた。

「ぜんぜん、おかしくないよ。やさしい高松くんには、ぴったりだよ。」

「だって、男子がなりたいのは、サッカー選手《せんしゅ》とか、警察官《けいさつかん》とかでしょ。幼稚園《ようちえん》の先生になりたいっていうのは、たいてい女子だし。」

「そんなことないよ。それになになりたいかっていまからしっかり考えてて、そのために劇《げき》をしてみようなんて、偉《えら》いと思う。」

ひじりは、本気で答えた。

「だいたい、男子だからとか、女子だからとかって、そういうことで将来《しょうらい》を決《き》めるの変《へん》だと思うよ。」

「そうかな。」

「そうだよ。女子でもサッカー選手《せんしゅ》になってるし、警察官《けいさつかん》にもなってるし。幼稚園《ようちえん》の先生に男子がなるのって、ぜんぜんおかしくないから。」

「源川《みながわ》さんがそう思ってくれるのって、すごくうれしいな。」

高松《たかまつ》くんは、にっこり笑《わら》った。

高松くんがこんなふうに笑《わら》うの、はじめて見た、とひじりは思った。

ハリーそっくりだ。

すごくかわいい。

「そう、ありがとう。」

素直《すなお》に言葉《ことば》が出る。

「じゃ、オレ、お芝居《しばい》、やってみるね。源川《みながわ》さんも、いっしょにやらない？」

「え？　あたしが？」

びっくりした。

さそわれたなんて。

高松《たかまつ》くんに、さそわれたなんて。

やっぱりうれしい。

「うん、やる。あたしも申《もう》し込《こ》む。いっしょにがんばろうね。」

「あ、よかった。一人じゃ心細いと思ってたんだ。ありがとう、源川さん。」

高松くんの右手が、自然《しぜん》にひじりの右手に伸《の》びた。

あっという間に、手と手が触《ふ》れ、ひじりの手は上下に振《ふ》られた。

「じゃ、ね。」

高松《たかまつ》くんは、まるでスキップするように、二組のほうに駆《か》けていった。

「ひじり、なに、にやけてるのよ。」

教室に戻《もど》ると、すぐにかずさに言われた。

「えへへ。わかる？　いいことあったんだー。」

「なに？　なに？」

「高松くんと、握手《あくしゅ》しちゃった。」

「わあ、すごい。やったね、一歩前進《いっぽぜんしん》じゃん。」

かずさは手を取《と》って、いっしょに喜《よろこ》んでくれる。

「それでね、たんぽぽ劇団《げきだん》に入ることにした。かずさもいっしょにやろうよ。」

そうさそうと、かずさはとたんに気《き》の毒《どく》そうな顔になった。

「ごめん。あれポスター見たけど、ムリ。だって、二週間、毎日けいこなんでしょ。あたし水曜日は、空手があるもん。」

あ、そうだったと思い出した。

かずさが佐々木《ささき》くんに会えるのは、その水曜日の空手のときだけだ。

「うん、かずさ。わかってるわかってる。気にしないで。きっと、だれか知り合いがいるからだいじょうぶ。」

そうは言ってみたものの、ひじりがほかの女子にいっしょに申《もう》し込《こ》もうよと、さそってみても、ごめん、用事《ようじ》があると言う子ばかりで、だれもいっしょにやってくれそうになかった。

一組の福祉委員《ふくしいいん》は、吉田《よしだ》さんだ。吉田さんは福祉委員会《ふくしいいんかい》の委員長《いいんちょう》もやっている。

ひじりが申込書《もうしこみしょ》を持《も》っていくと、すごく喜《よろこ》んでくれた。

「わあ、よかった。一組からはだれも参加《さんか》しないんじゃないかと思ってた。」

「え？　まだ、だれも申《もう》し込《こ》んでないの？」

「うん、今日が締《し》め切《き》りなのに、なーんと、ひじりちゃんがはじめて。」

わ、そんなに不人気《ふにんき》なんだ、と気がめいる。

「でも、吉田さんはやるんでしょ？　福祉委員《ふくしいいん》だし。」

せめても、と思って聞いたひじりに、吉田さんの答えは冷《つめ》たかった。

「ううん。福祉委員《ふくしいいん》は幼稚園《ようちえん》への連絡《れんらく》なんかをお世話《せわ》する役《やく》なんだ。劇《げき》をやるのは劇団《げきだん》の参加者《さんかしゃ》だけだよ。」

ええっ、と思わず声が出た。

「明日の放課後《ほうかご》、顔合わせやるから、体育館《たいいくかん》のステージに集《あつ》まってね。」

吉田《よしだ》さんはにこっと笑《わら》った。

次《つぎ》の日の授業《じゅぎょう》が終《お》わって、ひじりは少しゆううつだった。

高松《たかまつ》くんといっしょに劇《げき》ができるのはうれしいけれど、二週間もけいこがあるのだ。うれしいだけでは、やっていられない。ほかにだれかひじりの知り合いがいればいいが、そのへんを聞いてまわったかぎりでは、だれも申《もう》し込《こ》んでいなかった。

(やめちゃおうかな……。)

そんな気にもなってくる。

だけど、高松くんがうれしそうに走っていった後《うし》ろ姿《すがた》を思い出すと、いまさらやめるとは言えないとも思う。

ひじりは足どり重《おも》く、体育館《たいいくかん》に向《む》かった。

体育館《たいいくかん》のフロアーでは、ミニバスケット部《ぶ》が、練習《れんしゅう》をしている。

ボタンボタンと重《おも》いボールの音が響《ひび》く中、壁際《かべぎわ》をたどって、ステージに近づく。

ステージにボールが入らないように張《は》ってあるネットをくぐって、段《だん》を上がると、すでに何人か集《あつ》まっていた。

「あ、源川《みながわ》さん、来てくれたんだね。」

高松《たかまつ》くんが、目を輝《かがや》かせて、声をかけてくれた。

「うん。」

「よかった。がんばろうね。」

高松くんとしゃべれるのは、やっぱりうれしい。

とはいえ、気になるのはほかの参加者《さんかしゃ》だ。

ひじりは、あたりを見まわした。

男子は三人、女子はひじりを入れて八人だ。

男子のなかには一人だけ前に同じクラスになったことのある子がいた。でも女子のほうは、顔ぐらいは見たことがあるものの、だれとも同じクラスになったことがない。完全《かんぜん》にアウェイだ。

やめればよかったな、とひじりは思った。

みんな横目《よこめ》でおたがいをちらちら見ていて、ひどくいごこちの悪《わる》い感《かん》じだ。

「みなさん、こっちに集《あつ》まって、座《すわ》ってください。」

福祉委員《ふくしいいん》の子たちがやってきて、ステージの奥《おく》にみんなを手招《てまね》きする。

委員長《いいんちょう》の吉田《よしだ》さんが前に立って、説明《せつめい》を始《はじ》めた。

「まず、演目《えんもく》は、幼稚園《ようちえん》の先生からのご希望《きぼう》があって、もう決《き》まっています。『シンデレラ』です。」

えーっ、とか、へーっ、とかいう声が上がる。

そんなのつまんないよー、『ゴジラ』やろうよとか、ばかだな映画《えいが》じゃないのにどうやって特撮場面《とくさつばめん》やるんだよ、なんて男子がふざけている。

「台本はここに作ってあるので、役《やく》は、みなさんで話しあって決《き》めてください。わたしは司《し》会《かい》をしますから。」

吉田《よしだ》さんは、てきぱきと台本を配《くば》った。

「役《やく》は、まずシンデレラが一人。王子様《おうじさま》が一人です。あと家来が二人で、魔法使《まほうつか》いの男が一人。シンデレラのおかあさんが一人、おねえさんが二人。」

「魔法使《まほうつか》いってフツー、おばあさんだよ。なんで男なの？」

男子が言う。

「男子の役《やく》が少なめだから、男にしたんです。」

吉田さんは、ぱしっと答える。

「おねえさんていやな役《やく》でしょ。やりたくないな。シンデレラがいいよ。」

女子が言った。

「やりたい人が多かったら、くじにするか、それともじゃんけんにするか、それもみなさんで決《き》めてください。あとは、演出《えんしゅつ》が一人……。」

「演出《えんしゅつ》って、なにやるの？」

だれかが聞いた。

「全体《ぜんたい》の責任者《せきにんしゃ》。映画《えいが》の監督《かんとく》みたいなものです。みんなにどう演技《えんぎ》するか、指示《しじ》したりするの。」

「めんどくさそー。」

また男子が言った。

「あとは、衣装《いしょう》と小道具《こどうぐ》、大道具《おおどうぐ》。これはみんなで手伝《てつだ》うけどいちおう、責任者《せきにんしゃ》ってことで。」

「でも、それじゃ、数、足りないよ。十一人だもの。」

「あれ？　十二人のはずなんだけどな……。」

吉田《よしだ》さんが言ったところで、ボールの音にも負《ま》けない大きな足音がして、だれかが段《だん》を上がってきた。

「ごめーん、おそくなって。」

「あ、徹平《てっぺい》くんだ！」

二組の女子が、そろって、うれしそうな声を上げた。

5

王子様《おうじさま》はだれ？

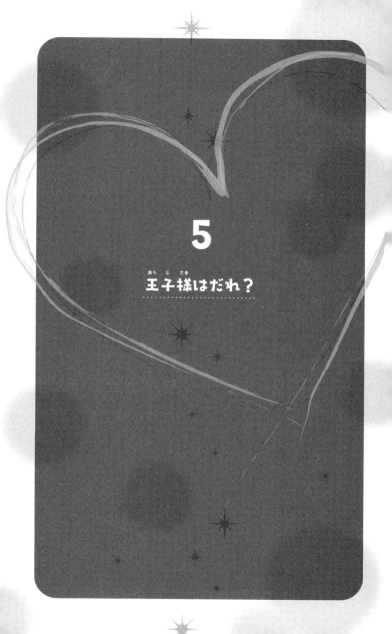

振《ふ》りかえると、徹平《てっぺい》がにこにこ笑《わら》って立っていた。

「あ、そうか、平《たいら》くんだった。締《し》め切《き》り過《す》ぎてたけど、先生にお願《ねが》いして、申《もう》し込《こ》んだんだったよね。」

吉田《よしだ》さんが言った。

「そう。オレ、ひじりがやるって聞いてさ。おう、ひじり、いたか。」

徹平は、すれちがいざま、いつものように、ひじりの背中《せなか》をどんと突《つ》く。

「オレ、二組の平徹平。みんな、よろしくな。」

明るい声を聞いて、ひじりはなんだかほっとした。

(これで、二週間楽しくやっていけそう。)

ふとそう思った自分に、ちょっとびっくりする。べつに、徹平といっしょにやりたいなんて思ってたわけじゃなかったのに。

でも、その場の雰囲気《ふんいき》も、明らかに変《か》わっていた。

みんなが、徹平につられて、なんとなくにこにこしはじめたのだ。

(てっちゃんって、すごいとこあるんだ。)

いままで徹平《てっぺい》がほかの人といるところを見たことはあった。でも、ただここに現《あらわ》れただけなのに、みんなの気持《きも》ちを盛《も》り上《あ》げるような力があるなんて、思わなかった。自分勝手《じぶんかって》で子どもっぽいだけ、と思っていたのに。

「おう、せっかくだから、楽しもうぜ。」

徹平は、そう言いながら輪《わ》に入って、あぐらで座《すわ》る。

二組の女子の一人が、ちょっとうれしそうに徹平の横《よこ》に移動《いどう》して、台本を指《ゆび》さしながら、なにが何人いるの、と説明《せつめい》している。ちょっとくっつきすぎじゃないの、とひじりが思うほどだ。

「やっぱり最初《さいしょ》にシンデレラを決《き》めたほうがいいと思うの。主役《しゅやく》だし、大事《だいじ》だもの。ねえ、みんな。」

その子は、顔を上げてみんなに向《む》かって、そう言った。

「じゃあ、シンデレラやってみたい人、手を上げてください。」

司会《しかい》の吉田《よしだ》さんが、そう言った。

女子はみんな、おたがいの顔を見ながら、おずおずと手を上げる。

（え？　全員《ぜんいん》？）

たしかにひじりも、台本の最初《さいしょ》のページに書いてある役名《やくめい》の表《ひょう》を見ながら、やるなら、やっぱりシンデレラかな、と思ってはいた。主役《しゅやく》はせりふが多そうだけれど、かといって、意地悪《いじわる》なおかあさんやおねえさんをやるのもちょっと気が重《おも》い。衣装《いしょう》はやってもいいけれど、あまり裁縫《さいほう》は得意《とくい》じゃないし、大道具小道具《おおどうぐこどうぐ》は、そもそもなにをするのかよくわからない。まして責任者《せきにんしゃ》の演出《えんしゅつ》なんて、大変《たいへん》そうだから、それを決《き》める前に、なにかの役《やく》になっておいてしまいたい。

やっぱり手を上げておこう。

ひじりが最後《さいご》にゆっくり手を上げると、そのとたん、高松《たかまつ》くんがはっと息《いき》をのんだように思えた。

（なんで？　どうして？）

高松くんは、まゆをひそめると、なにかを決《き》めたみたいに、ぎゅっとかためた両手《りょうて》のこぶしを、ひざの上にかまえたのだ。どういう意味《いみ》だろう。

吉田《よしだ》さんが、

「女子全員《ぜんいん》だけど……どうします？　あみだくじ？」

と聞き、そうだねとみんながうなずいた。

「オレ、作ってやるよ。」

徹平《てっぺい》が言って、紙にさっさと線を書く。

じゃんけんして順番《じゅんばん》に、くじを選《えら》んでいった。

どうなるのかな、とちょっと緊張《きんちょう》する。

「シンデレラは……おっ、ひじりだ！」

線をたどっていた徹平が叫《さけ》んだ。

「え？　あたし？」

まさか、そんなことになるとは、と驚《おどろ》く。

ほかの人には、むしろほっとしたような様子《ようす》もある。

やっぱ、主役《しゅやく》は大変《たいへん》だよね、というささやきが聞こえる。

ひじりもそう思う。手を上げたことを、ちょっと後悔《こうかい》した。

高松《たかまつ》くんは、恥《は》ずかしがりだから、裏方《うらかた》の大道具《おおどうぐ》なんかをやりそうだ。だったら、ひじりは小道具《こどうぐ》にしておけば、いっしょに裏方《うらかた》の仕事《しごと》ができたかもしれなかった。

「じゃあ、次《つぎ》は王子様《おうじさま》ですけど……。」

吉田《よしだ》さんが言ったとたんに、大きな声がした。

「はいっ、オレやる。オレやる。」

徹平《てっぺい》だ。

「ほかにやりたい人、いる？」

男子はしんとしている。

「じゃあ、平《たいら》くんに決《けっ》……。」

と、吉田さんが言ったとき、

「ま、待《ま》って。オレもやりたい。」

細い声がした。

高松《たかまつ》くんだった。

声は小さかったが、真《ま》っ赤《か》になって立ち上がり、手を上げている。

あ、がんばっているな、とひじりは思った。

幼稚園《ようちえん》の先生になりたいと言った高松《たかまつ》くんだ。きっと、そのためにと思って、勇気《ゆうき》をふりしぼっているにちがいない。

（がんばれ、高松くん。）

と、ひじりは心の中で応援《おうえん》した。

「たかまっちゃん、手上げるだけでいいの。べつに立ち上がらなくてもいいからね。」

女子の一人が言ったので、高松くんは、力が抜《ぬ》けたように、どたんと座《すわ》った。

「おまえ、あがり症《しょう》だろ。ほかの役《やく》ならともかく、王子はやめとけよ。目立つもの。あがってせりふ忘《わす》れたりしたら、しらけて大変《たいへん》だぜ。」

二組の男子が、高松くんに言っている。

だが、高松くんは、まるで意地《いじ》を張《は》っているように、上げた手を下ろしはしなかった。

「じゃあ、王子様《おうじさま》になりたいのは、徹平《てっぺい》くんと二人ってことね。」

うん、とみんながうなずいた。

「またあみだくじにしますか？」

と、吉田《よしだ》さん。

「いや。」

声を上げたのは徹平《てっぺい》だった。

「あみだなんてだめだ。正々堂々《せいせいどうどう》と勝負《しょうぶ》しようぜ、高松《たかまつ》。」

こんどは徹平が立ち上がっている。

高松くんも、こんどは手を下ろしてから、立った。

「いいよ、徹平。なんで勝負《しょうぶ》する？」

「五十メートル走。」

徹平は、鳩《はと》みたいに、胸《むね》を張《は》って言った。

(このしぐさ、小さいときから変《か》わってない。)

ひじりはふと思った。徹平は、なにかどうしてもほしいものがあるとき、こんな姿勢《しせい》をしたっけ。王子様《おうじさま》の役《やく》が、そんなにやりたいんだろうか。

「オ、オレは走るのより、水泳《すいえい》がいい。水泳《すいえい》のほうが得意《とくい》だから。徹平、二十五メートルのクロールでどう？」

高松くんが、背《せ》の高い徹平を見あげながら、目を大きく開《あ》けて言いはっている。だれかが、そうだ、たかまっちゃんは水泳《すいえい》上手だった、とささやいていた。

「バカ言うなよ。プールなんて、オレらが勝手《かって》に使《つか》えるかよ。」

徹平《てっぺい》は鼻《はな》を鳴らした。

「でも徹平くん、校庭《こうてい》も、いまはサッカークラブが使《つか》ってるよ。」

だれかの声に、え？　というような顔を徹平がする。

「二人がどうしても勝負《しょうぶ》したいって言うなら、じゃんけんにすれば？」

だれかが言った。

「いやだ。」

と、徹平が言う。

「なんで？　じゃんけんだって、勝負《しょうぶ》じゃない。」

「じゃんけんは運《うん》だ。オレは実力《じつりょく》で、高松《たかまつ》と正々堂々《せいせいどうどう》と勝負《しょうぶ》したいんだ。」

――ねえ、なんで、徹平くんは、あんなに勝負《しょうぶ》にこだわるの？

――あれよ、ほら、この前のさわぎの。

と、女子のささやき声が聞こえた。

――あの子だってさ。シンデレラに当たった。

――へえ、あの子を、高松《たかまつ》くんと取りあってるってこと？

わ、知らない子たちだと思ってたのに、この前のあれを見られてたんだ、恥《は》ずかしい、と
ひじりは思わず下を向《む》いた。

なるほど、つまりそういうことだったんだ。徹平《てっぺい》は、ひじりがシンデレラになったから、
王子様《おうじさま》をやりたいのだ。あくまで勝負《しょうぶ》というのは、そういう意味《いみ》か。

（もう、てっちゃんったら、やめてよね。）

ひじりのほうが赤くなりそうだ。

――高松くんか、徹平くんか、っていうなら、ぜったい徹平くんを取《と》るよね。

――そうそう。カッコイイ。

そんなことないよ、とひじりは思った。

高松くんのほうがひじりは好《す》きだもの。やさしくて、ハリーに似《に》ていて、目がきれいだ。

それに人を好《す》きになるって、理屈《りくつ》じゃないもの。

徹平はおさななじみにしか思えないことには変《か》わりはない。徹平がひじりの気持《きも》ちなんて

考えないで、ただただ、ひじりを「自分のもの」にしたがっていることにも、変《か》わりはない。

はずだ……。

だけど、ひじりの気持《きも》ちは落《お》ち着《つ》かない。

いま、徹平《てっぺい》と高松《たかまつ》くんのどっちが相手役《あいてやく》になってほしいかと言われたら、ちょっと答えられないような気もしていた。

(どうして? あたしは、高松くんが好《す》きなんじゃないの?)

自分で自分の気持《きも》ちがよくわからない。

「じゃあ、悪《わる》いけど、校庭《こうてい》が空くのを待《ま》ってたら、劇《げき》のけいこができないから、二人でじゃんけんということにしてください。」

吉田《よしだ》さんが言った。

「おうし、わかった。負《ま》けないぞ。」

徹平は言って、大またで、ステージの真《ま》ん中《なか》に出る。

高松くんも、大きく息《いき》を吸《す》って、徹平に続《つづ》いた。

「じゃんけん……。」

二人の大きな声が体育館《たいいくかん》に響《ひび》く。

なにごとかと、ミニバスケット部《ぶ》の人たちが、パスの練習《れんしゅう》を一瞬《いっしゅん》やめて、ステージを見あげている。

「なんか、ただのじゃんけんなのにすごい迫力《はくりょく》だね。」

だれかが言っている。

「……ぽん。」

グーとグーが、げんこでなぐりあうように、つきあわされていた。

「あいこだあ。」

「では、もう一回。」

吉田《よしだ》さんの冷静《れいせい》な声が響《ひび》く。

「あいこで……。」

二人はにらみあっている。

「……しょ。」

「また、あいこだよー。」

男子が叫《さけ》んだ。

座《すわ》って見ていたのが、みんな立ち上がって、二人を囲《かこ》んでいる。

「あいこで、しょ。」

「あいこで、しょ。」

何度《なんど》続《つづ》いただろうか。

勝負《しょうぶ》は決《き》まらない。

じゃんけんは運《うん》だ、と言っていたが、徹平《てっぺい》は額《ひたい》に汗《あせ》をかいていた。

高松《たかまつ》くんのほうも、徹平を見あげて、にらみつけたままだ。

「すっげー。」

「じゃんけんって、こんなに真剣《しんけん》になれるもんなんだ。」

そんな声が出はじめて、吉田《よしだ》さんがついに言った。

「時間ないし、もう、これで最後《さいご》にします。決《き》まらなかったら、くじにします。」

「よし、これで決《き》めてやるぜ。」

徹平《てっぺい》は、両手《りょうて》の指《ゆび》を組んで、ぼきぼきと骨《ほね》の音をさせた。

(てっちゃん、がんばって。)

ひじりはうっかり言いそうになって、手で口をおさえた。

徹平に勝《か》ってほしいわけじゃないのに。

どうして、こんなことを言いそうになったんだろう。ひじりはなんだか変《へん》だ。

勝負《しょうぶ》は始《はじ》まった。

「あいこで……。」

「……しょ。」

しょ、という言葉《ことば》と同時に、二人の手が出る。徹平がパーで、高松《たかまつ》くんが、チョキだ。

「たかまっちゃんが、勝《か》った。」

「高松くんが、王子様《おうじさま》に決《き》まりね。」

そのとたん、高松くんは、いままで一度《いちど》も見たことのないような、うれしそうな笑顔《えがお》になった。

6

オレがやる

徹平《てっぺい》はどうだろう、と見れば、ちょっと肩《かた》をすくめただけだ。あれだけ真剣《しんけん》な顔でじゃんけんをしていたのに、負《ま》けたとなると意外《いがい》にさばさばしていて、くやしそうにも見えない。

だけど、ひじりのほうには、みょうな気持《きも》ちが残《のこ》った。

（てっちゃんがよかったのに……。）

そう考えている自分がいた。

徹平とやったほうが、きっと楽しいと思う。

どうしてそう思うんだろう。

ひじりは高松《たかまつ》くんと約束《やくそく》したから、劇《げき》に参加《さんか》したはずなのに。

そんなふうに考えた自分は、なんだか高松くんを裏切《うらぎ》っているようにも思える。

（なによ、ひじり。てっちゃんはただのおさななじみじゃないの。）

だいいち、徹平は、ひじりのことを好《す》きだと言ったことは、いっぺんもないではないか。

ただ意地《いじ》を張《は》って、ひじりを自分のものにしたいだけだ。

その証拠《しょうこ》に、いまだって、じゃんけんに負《ま》けても、そんなにくやしそうでもない。

「じゃ、家来をやりたい人。」

「おねえさんをやりたい人……。」

役《やく》のほうはどんどんと決《き》まっていく。

あとは大道具《おおどうぐ》、小道具《こどうぐ》、が残《のこ》ったけれど、だれも手を上げる人はいなかった。

「じゃあ、残《のこ》りは全部《ぜんぶ》、くじびきでいい？」

こんどは、吉田《よしだ》さんがあみだくじを作り、残《のこ》りのみんなで引いた。

あみだくじの線をたどって、役目《やくめ》がだんだん決《き》まってきた。

「樫本《かしもと》さん、演出《えんしゅつ》。」

吉田さんが呼《よ》んだとき、わっと泣《な》き声《ごえ》がした。

「わ、わたし演出《えんしゅつ》なんてできない。」

顔をおおって泣《な》きだしたのは、さっき、徹平《てっぺい》にくっついて、台本の説明《せつめい》をしていた子だ。

(あの子、樫本さんっていうんだ。)

目が大きくて、お人形さんみたいにつやつやの髪《かみ》だ。きれいな子だ。

「でも、もうくじ引いちゃったし……。」

吉田さんは困《こま》っている。

「……なんとか、やってくれない？」

「でも……演出《えんしゅつ》って、むずかしいでしょ……責任者《せきにんしゃ》でしょ……。」

「だいじょうぶよ、みんながきっと助《たす》けてくれるわよ。ね。」

吉田《よしだ》さんは、いろいろ言いながら、説得《せっとく》していた。

樫本《かしもと》さんは、だめ、だめと首を横《よこ》に振《ふ》っている。

なんとなく気持《きも》ちはわかる。

ひじりもいやだと思った。思ったから、シンデレラに手を上げたのだ。けっしてやりたかったわけじゃなかった。

「じゃあ、しかたないから、もう一回くじ引く？」

吉田さんが言うと、男子たちが、ぷうっとほおをふくらませた。

「だったら、樫本、くじを引く前に、なにかほかの役《やく》に立候補《りっこうほ》すりゃ、よかったじゃないか。」

「そうだよ、ずるいよ。やり直すなら、シンデレラも、王子様《おうじさま》もみんな決《き》め直《なお》さなきゃ、不《ふ》公平《こうへい》だよ。」

みんな、困《こま》ったなという顔で、おたがいを見ている。

「ああ、わかった。」

声を上げたのは、意外《いがい》にも徹平《てっぺい》だった。

「じゃ、オレがやるよ。代《か》わってあげる。オレ、大道具《おおどうぐ》だから、樫本《かしもと》さん、それならできる？」

樫本さんの顔が、ぱっと輝《かがや》いた。

「徹平くん！　代《か》わってくれる？」

「ああ。」

「ありがとう！」

樫本さんは笑顔《えがお》で、徹平の手を取《と》って、上下に振《ふ》っている。

（いままで、泣《な》いてたくせに。）

なぜか気持《きも》ちがざわざわするのを、ひじりは感《かん》じた。

その日ひじりは、たんぽぽ劇団《げきだん》の女子といっしょに、学校を出た。

役決《やくぎ》めが済《す》んだからか、これからがんばろうね、ということでなんとなく、最初《さいしょ》よりおたがいの距離《きょり》が近くなった気がする。

「徹平《てっぺい》くん、やさしいね。」

話は徹平のことでもちきりだ。

とくに樫本《かしもと》さんが、いっしょうけんめいしゃべっている。

「うん、びっくりした。代《か》わってあげるなんて言ってくれると、思わなかった。」

「樫本さんに、徹平くん、気があるんじゃない？」

だれかが言う。

「ちがうよ。徹平くんが好《す》きなのは、源川《みながわ》さんでしょ。ね、源川さん。」

話をふられるけれど、うんとは言えない。

「ちがうよ、てっちゃんは、ただのおさななじみ。」

「でも、徹平くんのほうはそうじゃないでしょ。好《す》きなんでしょ。」

樫本さんは、みょうにくいさがってくる。

「だって、好《す》きって言われたことないもの。」

「え？　ないの？　とっくに言われてると思ってた。」

樫本《かしもと》さんの顔が、またさっきのように輝《かがや》くのが、ひじりには、ちょっとかちんと来た。

（だからって、なに？）

そう思うが、言えない。

「じゃあ、樫本さんのこと、やっぱり徹平《てっぺい》くんは、気にしてたんじゃない。そうでなきゃ、わざわざ代《か》わってくれたりなんか、しないよ。」

だれかが言うのも、ちょっとしゃくにさわる。

（てっちゃんは、俠気《おとこぎ》を出しただけなんだから。）

ひじりにはわかっている。

徹平は、いつものように、だれかが困《こま》っているのを見すごせなかっただけだ。

わかっているが、気持《きも》ちのざわざわは収《おさ》まらない。

「知ってるよ。源川《みながわ》さんが好《す》きなのは、ほんとうは、徹平くんじゃなくて、高松《たかまつ》くんなんでしょ。」

だれかがまた言う。

樫本《かしもと》さんの顔が、また輝《かがや》いた。

「ほんと？　源川《みながわ》さん。」

「うん。ほんと……。」

答えるしかない。

答えたとたん、またさわぎになった。

「きゃあ、すごい。やったね、源川さん！」

「好《す》きな人が相手役《あいてやく》なんて、鬼《おに》やばいじゃない。」

肩《かた》をぱんぱんとたたかれる。

「そ、そうかな……。」

「両思《りょうおも》いなんでしょ。」

「え、ちがうよ。高松《たかまつ》くんにも、好《す》きって言われたことないもの。」

「そうなの？　高松くん、王子様役《おうじさまやく》がやりたくて、徹平《てっぺい》くんと、あんなに真剣《しんけん》にじゃんけんしてたじゃない？　あれ、源川さんの相手役《あいてやく》やりたかったからじゃない？」

みんな勘違《かんちが》いしている。

高松《たかまつ》くんは、幼稚園《ようちえん》の先生になりたいから、劇《げき》に参加《さんか》したんだし、そのためにがんばるつもりで、王子様《おうじさま》の役《やく》になりたかっただけだ。でもそれは、高松くんの事情《じじょう》で、ひじりが勝手《かって》にみんなに言うわけにはいかない。

「でも、どっちにしても、すごいじゃない。好《す》きな人と劇《げき》、できるんだもの。」

「そうだよ、いいなあ、シンデレラと王子様《おうじさま》なんて。」

「台本見たら、二人がワルツ踊《おど》るところ、あったよ。」

えっ、とひじりは固《かた》まった。

台本の中身《なかみ》は、まだ見ていなかった。

「あたし、ワルツなんて踊《おど》れないよ……。」

「だいじょうぶだよ、樫本《かしもと》さんがバレエやってるから、教えてくれるよ。ね。」

「うん。でもそれは、演出《えんしゅつ》の徹平《てっぺい》くんが決《き》めることだから、徹平くんに相談《そうだん》してからねっ。」

と、樫本さんは、またうれしそうに笑《わら》った。

なんか、気持《きも》ちが、もやもやしている。

原因《げんいん》は樫本《かしもと》さんだ。

ひじりは、樫本さんが嫌《きら》いになりそうで、困《こま》っている。

樫本さんは、なにも悪《わる》いことを言ったりしたりしていないのに。悪《わる》い子じゃないのに。

樫本さんの言うことをいちいち気にしているのは、ひじりのほうだ。

もやもやしている、その自分がいやだ。

ひじりは、家に戻《もど》ってからまたどんぐり公園に行った。

トンネルをのぞいてみる。

あたりは暗《くら》くなりかけているが、まだ中は見える。

だれもいない。

徹平《てっぺい》は来ていない。

がっかりする。べつに徹平に会いに来たわけではなかったのに。

入る気もしなくて、家に帰ろうと思ったところで、ふと公園の外の道を歩く人影《ひとかげ》に気がついた。

むこうも、こっちを見つけて、駆《か》けよってきた。

高松《たかまつ》くんだ。

「源川《みなかわ》さん！」

「高松くん！」

ちょっとうれしくなって、ひじりも駆《か》けだす。

公園の入り口あたりで、向《む》かいあった。

「今日は、よかったね。じゃんけんに勝《か》って。」

そう言うと、高松くんは、うん、と大きくうなずいた。

「源川さんが、シンデレラに決《き》まったでしょ。だからオレががんばったんだ。」

ひじりはちょっとびっくりする。

「え？　王子様《おうじさま》に立候補《りっこうほ》したのは、あたしがシンデレラになったからなの？」

うん、と高松くんはもう一度《いちど》うなずく。

「そう。オレ、最初《さいしょ》は大道具《おおどうぐ》にしようと思ってたんだけど、源川さんの相手役《あいてやく》なら、やってみたいと思って、手上げたんだ。きっと徹平《てっぺい》に決《き》まるだろうって、心の中では思ってたけど、だめでもともとだ、あきらめずにがんばってみようと思って。」

そうだったんだ、とひじりは、あのとき高松《たかまつ》くんが両手《りょうて》のこぶしを、ひざの上でかまえたことを思い出した。

「オレね、いままで、いつだって、だめそうなことは、最初《さいしょ》からどうせだめだって、あきらめてたんだ。あきらめても、なんだかその場の流《なが》れに乗《の》っていれば、自分から動《うご》かなくても、なんとなく済《す》んでた。でもね。」

と、高松くんはにこっと笑《わら》った。

「源川《みながわ》さんに関《かん》することだけは、オレ、あきらめたくないんだ。だからね、そのおかげで、なんだかオレ、そんな自分のからが破《やぶ》れそうな気がするんだ。」

「わあ、すごいじゃない!」

「そうなんだ、不思議《ふしぎ》なんだよ。今日もね、みんなに、あがり症《しょう》だから、ほかの役《やく》ならともかく王子はやめとけって、言われたけど、オレ、ほかの役《やく》じゃいやだったんだ。源川さんの相手役《あいてやく》をしたかったんだ。なんとか、できるような気がしたんだよ。」

うん、きっとできるよ、とひじりは答えた。

「がんばるよ。いい劇《げき》を幼稚園《ようちえん》の子たちに、見せてあげようね。」

高松《たかまつ》くんは、そう言うと、またスキップするみたいにはねながら、生《い》け垣《がき》の外をまわって、帰っていった。

「ただいまあ。」

元気な声が聞こえてきたのは、公園に面《めん》した白い壁《かべ》の洋風《ようふう》の家からだ。

白いフェンスの内側《うちがわ》に、大きい自転車《じてんしゃ》と、中くらいの自転車《じてんしゃ》がとめてある。

中学生のお兄ちゃんがいるという話を思い出した。

（あそこが、高松くんちなんだ。）

さっきの言葉《ことば》を思い出す。

――源川《みながわ》さんに関《かん》することだけは、オレ、あきらめたくないんだ。

――オレ、ほかの役《やく》じゃいやだったんだ。源川さんの相手役《あいてやく》をしたかったんだ。

そう言ったときの、高松くんの真剣《しんけん》な目。きれいな目。

（そんなふうにあたしのこと、言ってくれて、うれしい。）

ひじりは、心がぽっとあたたかくなるような気がしてきた。

ひょっとして、ひょっとして、高松くんにとって、ひじりはほかの女子とはちがう、特別《とくべつ》な人なんだろうか？
だったらいいのに。
いや、とひじりは頭を横《よこ》に振《ふ》った。
高松《たかまつ》くんは、女子みんなに赤くなるんだ。うぬぼれちゃいけない。

7

けいこが始《はじ》まった

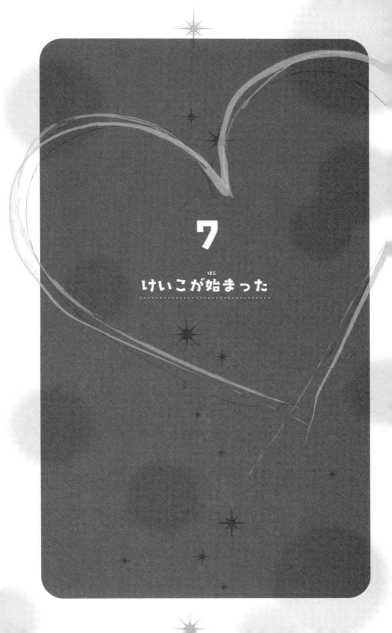

ひじりは、その夜、ベッドに入っても寝《ね》られなかった。

落《お》ち着《つ》いて考えると、ひどく不安《ふあん》だ。

(シンデレラなんて、主役《しゅやく》じゃないの。ひじり、だいじょうぶ?)

あそこで手を上げないわけにはいかなかったし、もう決《き》まってしまったし、いまさら代《か》わってもらうことはできない。

もう一度《いちど》電気をつけて、ランドセルから、台本を引っぱりだした。

プリントを半分に折《お》って綴《と》じてあるが、ずいぶん厚《あつ》い。

(これ、みんな覚《おぼ》えなきゃならないんだ……。)

気が重《おも》い。

読んでみる。

シンデレラの家(朝早く)
シンデレラがほうきを持《も》ってそうじをしている。鳥の声。
シンデレラ　おとうさんが亡《な》くなって、毎日大変《たいへん》だけれど、いつかきっとわたしにも、いいことがあるわ。すてきな人と出会って、恋《こい》をするの。その人に会ったときは、きっと、すぐにわかる。この人がわたしの運命《うんめい》の人だって。

(あ、あたしと同じ気持《きも》ちだ。)

ひじりは、思わずため息《いき》をついた。

ひじりもそんな運命《うんめい》の人に出会いたいと、ずっと思っていたのだ。最初《さいしょ》、高松《たかまつ》くんに会ったとき、これだ、まちがいないと思ったのだけれど。そのあと徹平《てっぺい》のこととかあったから、いまは、なんだかよくわからなくなっている。たんぽぽ劇団《げきだん》に徹平が来てよかったなんて思ったり、樫本《かしもと》さんが嫌《きら》いになりそうになったり。でもさっきみたいに高松くんに言われると、とってもうれしいし、どきどきするのだ。

ひょっとして、ひじりは、徹平も高松くんも、二人とも好《す》きなのかも。

(そんなのっておかしいかな。)

考えてしまう。

お城《しろ》の大広間（夜）

舞踏会《ぶとうかい》が行われている。ワルツの音楽。上手《かみて》からシンデレラ入ってくる。

シンデレラ　ああ、これがあこがれの舞踏会《ぶとうかい》なんだわ。

下手《しもて》から王子入ってくる。

王子、シンデレラを見て、驚《おどろ》いたように立ち止まる。

王子　（ひとりごと）あそこにいる方、あれはどこのお嬢《じょう》さんだろう。声をかけてみよう。（シンデレラに向かい）あ、あなたは……なんてきれいな方なんだ。ぼくと、踊《おど》ってくれますか？

シンデレラ　（喜《よろこ》んで）はい。

二人踊《おど》る。曲《きょく》が終《お》わっても二人は手を取《と》りあったままで見つめあう。

王子　ぼくは父の王に、結婚《けっこん》しなさいと言われています。

シンデレラ　（がっかりして）そうなのですか？

王子　いままで一人も結婚《けっこん》したいと思う人がいなかった。でも、さっきあなたを見たとたんに、ぼくは変《か》わった。ぼくは、あなたの名前も、あなたがどこに住《す》んでいるどんな人かも、知らない。でも、ぼくは……。

十二時の鐘《かね》が鳴る。

シンデレラ　（あわてて）ごめんなさい。わ、わたし帰らなきゃ。

王子　え、いまですか？　ぼくはまだ、あなたに話したいことが残《のこ》っている。

シンデレラ　だめ、だめなんです。わたし帰らなきゃ。

シンデレラ走って退場《たいじょう》。

王子　（顔をおおう）あの人は、行ってしまった。どうして、どうしてなんだ。ぼくのことが嫌《きら》いなのか。

（シンデレラ、かわいそう……。）

ひじりは、ふと思った。

こんな大事《だいじ》なところで、帰らなければならないなんて。

シンデレラが王子のことを好《す》きだと王子は知らないし、王子にはもう会えないかもしれないのだ。

小さいときに絵本で何度《なんど》も読んだことはあった。もちろんこの場面《ばめん》も覚《おぼ》えていたけれど、ここでかわいそうと感《かん》じたことは、なかったように思う。

こんなふうに考えるのは、ひじりが恋《こい》をしているからにちがいない。

(でも、だれに？　高松《たかまつ》くんに？　それともてっちゃんに？)

それが問題《もんだい》だ。

徹平《てっぺい》に恋《こい》する、そんなことはぜったいありえないと思っていたけれど。

徹平はきょうだい、それも弟みたいなものだった。

シンデレラの家（夜）

シンデレラが一人で、食器《しょっき》をかたづけている。

シンデレラ　おねえさんたちは、もう寝《ね》てしまった。わたしはいまからこれを一人で洗《あら》わなければならないわ。

ノックの音。王子が家来をしたがえて入ってくる。家来は、クッションの上にガラスの靴《くつ》を乗《の》せている。勇《いさ》ましいファンファーレ。

家来一　王子様《おうじさま》におかれましては、このガラスの靴《くつ》がぴったりの女の人を捜《さが》しておられます。身分《みぶん》が低《ひく》くてもまずしくてもかまわないので、あらゆる女の人に、試《ため》すようにということです。

家来二　ここでは、昼間、二人の女の人に試《ため》しました。ですが、もう一人、女の人がいるはずだという話を聞きました。なのでわたしたちは、戻《もど》ってきたのです。

絵本なんかでは、家来だけが、ガラスの靴《くつ》の合う人を見つけにくる。ここには王子は来ないはずだ。だけど、劇《げき》では、このあとのシーンで、シンデレラがガラスの靴《くつ》を試《ため》してぴったり合ったというときに、王子様《おうじさま》にも大事《だいじ》なせりふがある。だから、王子様《おうじさま》は最初《さいしょ》からこの場にいなければならないのだ。

王子　あなただったのですね。あのときの方は。

シンデレラ　はい。

王子　ぼくは、ずっとあなたを捜《さが》していました。国中捜《さが》しました。どうやっても、あなたが忘《わす》れられませんでした。あきらめようともしましたが、できませんでした。あなたがぼくのことをどう思っているかはわかりません。ですが、ぼくはあなたが好《す》きです。大好《だいす》きです。ぼくと結婚《けっこん》してください。

シンデレラ　わたしもあなたが忘《わす》れられませんでした。あなたはわたしの運命《うんめい》の人です。わたしもあなたが大好《だいす》きです。

二人、見つめあう。

ワルツの曲《きょく》。踊《おど》りながら退場《たいじょう》。

この踊《おど》りで、劇《げき》は終《お》わりだ。

——どうやっても、あなたが忘《わす》れられませんでした。あきらめようともしましたが、できませんでした。あなたがぼくのことをどう思っているかはわかりません。ですが、ぼくはあなたが好《す》きです。大好《だいす》きです。ぼくと結婚《けっこん》してください。

とってもすてきなせりふだと思う。

本気でだれかに言ってもらえるなら、すごくうれしいと思う。

次《つぎ》の日から、たんぽぽ劇団《げきだん》のけいこは始《はじ》まった。

放課後《ほうかご》、練習場《れんしゅうじょう》になった体育館《たいいくかん》のステージにみんな集《あつ》まってくる。

徹平《てっぺい》も、ひょこっと現《あらわ》れる。

「徹平くんが演出《えんしゅつ》なんだから、まずなにするか、決《き》めて。」

だれかが言ったが、徹平は、へへっと笑《わら》った。

「オレ、なにしていいかわかんねえよ。こんなんはじめてだし。だれか教えて。」

もーっ、ちょっと頼《たの》もしくなったかなと思ったのに、これだわ、とひじりはため息《いき》をついた。昨日《きのう》は司会《しかい》をしていた福祉委員《ふくしいいん》の吉田《よしだ》さんも、今日はいない。

徹平と目が合った。

「おう、ひじり。どうしたらいいかわかる？」

なんで頼《たよ》りにされるんだろう。徹平のおねえちゃんじゃないのに。こんなところは、ぜんぜん前と変《か》わんない、と思うが、返事《へんじ》をしないわけにはいかない。

「てっちゃん。フツー、台本の読み合わせするんじゃない？　それから、小道具《こどうぐ》とか大道具《おおどうぐ》とか、場面《ばめん》ごとに、なにが必要《ひつよう》か順番《じゅんばん》にメモしてかなきゃ、準備《じゅんび》できないでしょ。」

「おっ、それだ！」

まったくー、と思う。なんでこんなことを言わなければならないんだろう。

先が思いやられた。

だが徹平《てっぺい》は気にもしていない。

「楽しくやろうぜ。」

なんてにこにこしている。

ステージの真《ま》ん中《なか》に輪《わ》になって座《すわ》り、台本を読んだ。

「ああ、これがあこがれの舞踏会《ぶとうかい》なんだわ。」

ひじりもせりふを読んでいく。

「あそこにいる方、あれはどこのお嬢《じょう》さんだろう。声をかけてみよう。」

高松《たかまつ》くんもいっしょうけんめい読んでいる。

「ねえ、ねえ、ここは、シンデレラのドレスと、王子様《おうじさま》らしい服《ふく》がいるよね。」

「あとワルツの曲《きょく》も、CD《シーディー》プレイヤーもいるよ。」

「それって、衣装《いしょう》じゃないから、小道具係《こどうぐがかり》が用意《ようい》することにする？」

みんな口々《くちぐち》に言いながら、メモをとっている。

「ワルツは、なんの曲《きょく》がいい？」

「チャイコフスキーの『花《はな》のワルツ』がいいよ。みんな知ってる有名《ゆうめい》な曲《きょく》だし。こーんなやつ。」

樫本《かしもと》さんが、立ち上がると、メロディを口ずさみながら踊《おど》りはじめた。

バレエをやっているというだけに、身《み》のこなしがきれいだ。

ショーパンにトレンカというかっこうだけれど、頭ぐらいまで足を上げ、くるりとまわって、跳《と》んだ。

「わ、すげー、樫本。」

「スカートだったら、よかったのになあ。」

男子がさわぐ。

「なに言ってるのよ、いやらしいんだから。」

女子がたしなめる。

「ね、徹平《てっぺい》くん、ダンスの指導《しどう》は樫本《かしもと》さんにやってもらうといいよね。昨日《きのう》、みんなでそう話してたの。」

だれかが言う。

徹平は座《すわ》ったまま、返事《へんじ》をしない。樫本さんを見あげて、ちょっとぼおっとしているようにも見えた。

（てっちゃん、見とれてたんじゃないの？）

また気持《きも》ちがざわざわする。

徹平はやっと口を開《ひら》いた。

「オレが決《き》めるの？」

「そーだよ、演出《えんしゅつ》だもん。」

「徹平くん、どうする？」

樫本さんは、徹平の横《よこ》に座《すわ》った。さっきの位置《いち》とちがう。偶然《ぐうぜん》かもしれないが、なんだか徹平のとなりにどうしても座《すわ》りたいみたいに思える。

「オレ、わっかんないからさ。みんながいいって言うならいいぜ。」

徹平《てっぺい》は笑《わら》った。

「頼《たよ》りないなー。」

だれかが突《つ》っこむ。

「だって、楽しくやるのが肝心《かんじん》だろ。オレたちが楽しくなかったら、見てる幼稚園《ようちえん》の子のほうも楽しくないぜ。」

徹平は、そう言ったのだった。

(てっちゃん、ほんとにだいじょうぶかな。)

ひじりはみょうに心配《しんぱい》になった。

こんなふうに心配《しんぱい》になるのは、やっぱり徹平のことを弟みたいにしか考えられないからかな、と思う。


それからは、役割《やくわり》ごとに分かれて、準備《じゅんび》を始《はじ》めた。

ひじりは、役《やく》のある子たちといっしょに、せりふのけいこだ。

一週間ほどたつと、ひじりはすっかりせりふを覚《おぼ》えてしまった。

こんどは、身振《みぶ》りを入れて、台本を持《も》たずに、場面《ばめん》ごとにけいこが始《はじ》まる。

シンデレラのひじりは、王子様《おうじさま》の高松《たかまつ》くんとのやりとりがいちばん多い。だから高松くんと二人だけで、けいこをすることもあった。

だけど、高松くんは台本を持《も》っていたときは言えたのに、台本がないと、真《ま》っ赤《か》になって、口ごもるのだ。

しかも棒読《ぼうよ》みだ。

「どう、どう、やっても、あなたが……あなたが……あなたが……。」

うん、がんばれ、と思いながら、ひじりは立ったまま、待《ま》っている。

ちょっともたもたするけど、きっと高松くんは、できるようになる。

でも、実際《じっさい》、いつも待《ま》っているばかりで、ひじりは自分のせりふをちゃんとした速《はや》さでやりとりをしたことがない。

こんなけいこで、ひじりのほうも、本番のときにちゃんとできるんだろうか。

そう思ったとき、高松くんの前、ひじりの正面《しょうめん》に立ちふさがった影《かげ》がある。驚《おどろ》いたので、なんのことかすぐにはわからなかった。

「あなたが忘《わす》れられませんでした。あきらめようともしましたが、できませんでした。あなたがぼくのことをどう思っているかはわかりません。」

感情《かんじょう》をこめて、すらすらとしゃべるせりふは、なんと徹平《てっぺい》の声だ。

割《わ》りこんできたのは、徹平だった。

そしてしゃべりながら、ひじりの肩《かた》に手をかけた。

ひじりを引きよせる。

まるで劇《げき》の王子様《おうじさま》そのもののように。

徹平のがっしりとした胸《むね》が、ひじりの目の前にあった。

徹平がキスをしてきたときのことを、ひじりは思い出した。あのときといっしょだ。

ひじりは思わず両手《りょうて》で徹平を押《お》しやって、飛《と》びのいた。

「やだ、てっちゃん。じゃましないで。あたしたち、けいこしてるんだから。」

「ふん。おまえが、高松《たかまつ》のせりふを待《ま》ってるばっかりで、自分のけいこができないで困《こま》ってるから、助《たす》けてやったんだ。」

徹平は、ほっぺたをふくらませて、背《せ》を向《む》けると、むこうに行ってしまった。

女子たちがさわぐ。

「ねえねえ、いまの見た？　徹平《てっぺい》くん、カッコよかったね。」

「うん、本物《ほんもの》の王子様《おうじさま》みたいだった。」

「台本持《も》ってなかったよね。」

「つまり、せりふ覚《おぼ》えてたってこと？」

「もう、徹平くんに代《か》わってもらえば？　たかまっちゃん。」

だれかがそう言い、高松《たかまつ》くんは下を向《む》いた。

「そうだよ、大変《たいへん》だったら、ムリすることないよ。」

「つらいと思ってやっても、楽しくないよ。徹平くんが言ってたじゃない。わたしたちが楽しくなかったら、見てる幼稚園《ようちえん》の子のほうも楽しくないって。」

高松くんは、きっと頭を上げた。

「オレ、代《か》わらない。ぜったい、ぜったいに、代《か》わらないから。」

そう叫《さけ》ぶように言うと、ステージを飛《と》びおり、体育館《たいいくかん》を出ていった。

（かわいそう……。）

ひじりは、高松《たかまつ》くんが、自分のからが破《やぶ》れるような気がする、と言っていたことを思い出した。高松くんは、せいいっぱいがんばっていたのに。

「てっちゃんのせいだからね。」

ひじりは、徹平《てっぺい》のところまで歩いていって、にらみつけた。

「せっかく、高松くんが思い出そうとしてたのに。」

徹平は、ちょっと困《こま》ったような目で、ひじりを見おろした。

「徹平くんは悪《わる》くないよ。演技《えんぎ》をつけるのは、演出《えんしゅつ》の役目《やくめ》だもの。演出《えんしゅつ》って、そういうこと、しなきゃならないんだよ。」

かばうように出てきたのは、樫本《かしもと》さんだった。

「わたし、そういうのムリだと思ったから、代《か》わってもらったんだから。徹平くんは、代《か》わってくれただけじゃなくて、いっしょうけんめいやってるよ。」

そう言われても、ひじりは、いまさら引くに引けなかった。

「だって……たまたませりふひとつ覚《おぼ》えてたからって、割《わ》りこむことないよ。」

樫本《かしもと》さんは、首を振《ふ》った。

「ちがうよ、たまたまじゃない。徹平《てっぺい》くんは全員《ぜんいん》のせりふ、覚《おぼ》えてるよ。昨日《きのう》休みだった子の代《か》わりに、家来の役《やく》をやってたもの。びっくりして、どうして覚《おぼ》えてるのって聞いたら、責任者《せきにんしゃ》だからあたりまえだろって。」

はっとした。

徹平は、わっかんないからさ、なんて、いいかげんそうなことを言っていたけれど、自分の役割《やくわり》を真剣《しんけん》に考えていたのだろうか。

「てっちゃん、ほんと？　全部覚《ぜんぶおぼ》えてるの？」

徹平は、返事《へんじ》をせずに、肩《かた》をすくめた。

ほんとうだ。徹平がこういうしぐさをしたときは。

全員分《ぜんいんぶん》のせりふを覚《おぼ》えるなんて、そんなにすぐできることではない。徹平がここでせりふをけいこしているのを見たことはないから、きっと家で一人、練習《れんしゅう》していたのだ。

「もういいよ、樫本さん。オレが悪《わる》かったから。つい、がまんできずに、口が出ちゃったんだ。高松《たかまつ》を怒《おこ》らせたのは、たしかにオレの失敗《しっぱい》さ。」

徹平《てっぺい》は言うと、ひじりの背中《せなか》を押《お》した。

「ひじり、行けよ。高松《たかまつ》を捜《さが》してなぐさめてやれよ。今日は、おまえら二人、練習《れんしゅう》になんねえだろ。高松には、明日の練習《れんしゅう》には必《かなら》ず来いよ、って言ってやれ。」

そして、樫本《かしもと》さんに向《む》かうと、まるで気持《きも》ちを切《き》り替《か》えるように、

「大道具用《おおどうぐよう》の段《だん》ボール、いっしょにもらいに行こうぜ。」

と言ったのだった。


ひじりは、高松《たかまつ》くんを捜《さが》した。

二組の教室にはいなかったし、ロッカーにはランドセルもなかった。

あちこちいそうな場所《ばしょ》をまわってから、ひょっとしてもう帰ったのかな、と思いついて、昇降口《しょうこうぐち》にまわってみると、靴《くつ》がなかった。

やっぱり帰ったのだ。

高松くんの家は知っている。

追《お》いかけてみて、間にあわなかったら、恥《は》ずかしいけれど、サイアク家に寄《よ》ってみよう、

とひじりは思った。

自分のランドセルを取《と》りに戻《もど》ると、走って通学路《つうがくろ》をたどる。

どんぐり公園が見えてきた。

もう夕方で、小さい子の声はしないが、生《い》け垣《がき》のむこうに、だれかが立っている影《かげ》が見えた。

背《せ》の高さからして、きっと高松《たかまつ》くんだ。ほっとする。

「高松くーん。」

大きな声で呼《よ》ぶと、ちょっとその影《かげ》はゆれて、逃《に》げそうな様子《ようす》を見せた。

だがそれはせずに、覚悟《かくご》したように、くるりとこっちを向《む》いた。

「源川《みながわ》さん……。」

「なに、してたの？」

高松くんは肩《かた》をすくめて、手にした台本を振《ふ》ってみせた。

「練習《れんしゅう》。」

「つきあうよ。」

「いまは、いい。まず、オレがちゃんとせりふを言えるようになってからね。待《ま》たせてばかりじゃ源川《みながわ》さんに迷惑《めいわく》かけるから。徹平《てっぺい》の言うとおりだ。」

高松《たかまつ》くんは、ちょっと照《て》れくさそうにほほえんだ。

「でも、オレ、徹平には負《ま》けたくないんだ。あんなふうにせりふを言いたい。もしあがって言えないなら、人の何倍《なんばい》も練習《れんしゅう》して、慣《な》れなくちゃね。」

「うん。きっとできるよ。」

ひじりは、高松くんの手を取《と》った。

高松くんは恥《は》ずかしそうに、赤くなった。

「でも、徹平はほんとうに王子みたいだったね。あいつが『あきらめようともしましたが、できませんでした。』って言ったとき、オレ、ぞくっとしたんだ。」

その言葉《ことば》はひじりには、意外《いがい》だった。

「そう？」

「そうだよ、気がつかなかったの？　まるで本気みたいだったよ……。」

その後、家に帰ろうとして、ひじりはかずさにばったり会った。かずさは、空手道場から帰ってきたところで、佐々木《ささき》くんの話をいっぱい聞かされた。かずさはうれしそうだ。

「ひじりのほうはどう？　たんぽぽ劇団《げきだん》うまくいってる？」

聞かれたが、まあまあフツーだよ、とごまかした。

いつもだったら、かずさにはなんでも話して、相談《そうだん》するところなのに。

うまくいっているのかどうか、自分でもわからない。

徹平《てっぺい》は、いまごろ樫本《かしもと》さんと、倉庫《そうこ》から段《だん》ボールを出して運《はこ》んでいるんだろうな、と思う。二人でどんな話をしているんだろう。

そう思いながら、マンションの中に入り、自分の家のドアを開《あ》けようとしたときだ。

「ひじり。」

後ろから急《きゅう》に声をかけられたので、ひじりはびっくりして飛《と》び上《あ》がった。

振《ふ》りむくと、徹平がいた。

「てっちゃん、なんでそんなとこにいるの？」

「おまえを待《ま》ってたんだ。」

ひじりは、笑《わら》った。

「なーんだ。待《ま》ってないで、あたしの部屋《へや》に入ってたらいいじゃない。」

だが、徹平《てっぺい》はつられて笑《わら》ったりはしなかった。

「おまえに言いたいことがあったんだ。」

徹平の目は真剣《しんけん》だ。

「さっきのことだったら、もういいよ。てっちゃんが、いっしょうけんめいやってるってこと、わかったから。あたしも言いすぎたし、ごめん。」

「そうじゃない。そういうことじゃない。」

徹平は正面《しょうめん》から、ひじりの肩《かた》を荒《あら》っぽくつかんだ。

そして、さっきのせりふの調子《ちょうし》とはちがった乱暴《らんぼう》さで言《い》い放《はな》った。

「おまえを高松《たかまつ》には、渡《わた》さない。」

それから、徹平は廊下《ろうか》をダッシュすると自分の家に駆《か》けこんだ。

8

おさななじみって

徹平《てっぺい》は、どういうつもりなんだろう。

高松《たかまつ》くんのことを、ひじりがかばったのが気にさわったんだろうか。

でも徹平は、いつだってあんな言い方をする。

まるで砂場《すなば》のスコップでも、高松くんと取《と》りあっているみたいな。

ひじりは品物《しなもの》じゃない。ひじりにだって気持《きも》ちがある。

それに、徹平に、好《す》きだと言われたことは、まだない。

さっきのあのせりふだって、あのあと「ですが、ぼくはあなたが好《す》きです。大好《だいす》きです。ぼくと結婚《けっこん》してください。」というのが続《つづ》いていたはずだけれど、徹平はそれを言わなかった。ただのせりふだとしても、言わなかった。

なのに。

——おまえを高松には渡《わた》さない。

廊下《ろうか》で待《ま》ち伏《ぶ》せていて、あんなことを言う。

高松くんも言った。

——オレ、代《か》わらない。ぜったい、ぜったいに、代《か》わらないから。

二人の言葉《ことば》が、交互《こうご》にひじりの頭の中をうずまく。

(二人ともどうしちゃったの?)

ただ、意地《いじ》を張《は》りあっているだけ?

そして、ひじりは、といえば、徹平《てっぺい》と高松《たかまつ》くんのいったいどっちが好《す》きなんだか、わからなくなっている。


次《つぎ》の日けいこに行ってみたら、高松くんはもう来ていたので、ひじりはほっとした。

「源川《みながわ》さん、昨日練習《きのうれんしゅう》したから、舞踏会《ぶとうかい》のところまでは、ばっちりだよ。」

高松くんは自分から、うれしそうに言いにきた。

「じゃ、あとで合わせてみようね。」

ひじりが言ったところ、後ろで声がした。

「てっちゃーん。」

びっくりして、思わず振《ふ》りむく。声の主《ぬし》は、樫本《かしもと》さんだった。

いままでたんぽぽ劇団《げきだん》の中で、徹平のことをてっちゃんと呼《よ》んでいたのは、ひじりだけだったのに。

樫本《かしもと》さんが、呼《よ》んでいる。

（いつの間に、そういうことになったの？）

べつにだれかが徹平《てっぺい》のことを、てっちゃんと呼《よ》んでいけないというわけじゃない。そんなことはひじりが決《き》められることじゃない。

わかっている。

だけど、樫本さんが、やってきたばかりの徹平にうれしそうに駆《か》けよるのを見ると、また心がざわざわするのだった。

「てっちゃん、昨日《きのう》もらってきた段《だん》ボール使《つか》ってみる？　大広間のデザイン画、描《か》いてみたの。昔《むかし》のお城《しろ》の写真《しゃしん》とか見て。」

樫本さんは、スケッチブックを徹平に見せる。

「へえ、いいじゃない。カッコイイよね。」

みんなも集《あつ》まって、本物《ほんもの》のお城《しろ》みたいじゃない、とか言っている。

ひじりものぞいてみたが、たしかにすてきな絵だった。

大階段《だいかいだん》が見える。

シャンデリアが下がっている。

白い柱《はしら》には、金色の凝《こ》ったかざりがある。

「わたし、たんぽぽ幼稚園《ようちえん》に通ってたから、よく知ってるんだけど、ホールの舞台《ぶたい》に幕《まく》がないのよ。だから場面《ばめん》が変《か》わっても、背景《はいけい》が替《か》えられないでしょ。」

樫本《かしもと》さんは、ちょっと得意《とくい》げに説明《せつめい》した。

「だから大道具《おおどうぐ》を大きめに作って、背景の代《か》わりにするの。そして場面《ばめん》が変《か》わったら、大道《おおどう》具《ぐ》を交換《こうかん》するの。」

「だれかが、大道具《おおどうぐ》を持《も》って出入りするってこと？」

「そう。みんなで手分けして、後ろに隠《かく》れてね。」

だから、階段《かいだん》の絵とか、シャンデリアの絵まで描《か》かれているのだ。

「よっしゃ。あと一週間だから、がんばっていこうぜー。」

徹平《てっぺい》が言った。

それから樫本《かしもと》さんは、もらってきた段《だん》ボールを切って開《ひら》き、床《ゆか》に広げて、絵を描《か》きはじめたが、なにかするたびに、

「てっちゃーん。これどうかな?」

と呼《よ》ぶようになった。

そのたびに徹平《てっぺい》は飛《と》んでいって、樫本さんと頭を突《つ》きあわせて、相談《そうだん》にのっている。

二人で、楽しそうに笑《わら》ったりもしている。

ひじりは、せりふのけいこをしながらも、気になってしかたない。

(べつにてっちゃんは、あたしだけのものじゃない。)

わかっているけれど、気分が悪《わる》い。

おさななじみって、なんだろう。

もし、ほんとうのきょうだいだったら?

お兄ちゃんや弟に、親しい女子ができそうだったら、どう思うだろう?

あきらめるかもしれない。

いや、やっぱりあきらめられないかもしれないけれど、きょうだいの幸《しあわ》せを思って、しか

たないと、そのうち納得《なっとく》するって感《かん》じだろうか。

じゃ、おさななじみは？

きょうだいと同じように育《そだ》っても、おさななじみの間って、もっと弱いものなのかも。

だれかほかの人と仲《なか》よくなったら、あっさり忘《わす》れられちゃうみたいな。

だからほかの人には、渡《わた》したくない。

「樫本《かしもと》さんに、てっちゃんは渡《わた》さないから。」

ひじりは徹平《てっぺい》のまねをして、でも声は出さずに、つぶやいてみたけれど、すぐに頭をぶんぶんと横《よこ》に振《ふ》った。

口では言えるかもしれないけれど、心の底《そこ》からそう思えるわけじゃない。

あんなことを言ってのけることのできる徹平は、強い。

そしておおらかだ。

自分に自信《じしん》を持《も》ってる。

(あたしは、てっちゃんみたいに強くないよ。)

もっと気弱だ。徹平がほかの人を好《す》きになったら、もう取《と》りかえしたりはできないだろう。

準備《じゅんび》は進《すす》んでいた。

高松《たかまつ》くんは、公園での練習《れんしゅう》の成果《せいか》か、すらすらとせりふを言えるようになった。

次《つぎ》の練習《れんしゅう》は、『花《はな》のワルツ』の曲《きょく》に合わせて、高松くんとひじりが踊《おど》るところだ。

「ワルツは、一、二、三、なの。一、で踏《ふ》みだして、二、でまわって、三で整《ととの》える。」

樫本《かしもと》さんがやってみせてくれる。

細い体が、くるくるまわってとってもきれいだ。

「源川《みながわ》さん、左手を横《よこ》に出して。高松くん、右手でそれを握《にぎ》って。」

高松くんの手が、ひじりの手をつかんだ。

ちょっと震《ふる》えている。

ひじりもどきどきしていた。

「高松くん、左手を伸《の》ばして。源川さん、右手を高松くんの腕《うで》に乗《の》せて。」

言われると、高松くんとの間が近くなる。

ひじりの手を取《と》った高松《たかまつ》くんの手に、すごく力が入っているのがわかる。おたがい恥《は》ずかしいので、腰《こし》を引いて、なるべくくっつかないようにしている感《かん》じだ。

「高松くん、その手を源川《みながわ》さんの背中《せなか》にまわして。」

高松くんがどぎまぎしながら、触《ふ》れるか触《ふ》れないかというぐらいに、ひじりの背中《せなか》に手をまわした。

「ああ、それじゃすっごく変《へん》だよ。組み合いたくない柔道《じゅうどう》の試合《しあい》みたい。」

樫本《かしもと》さんは容赦《ようしゃ》ない。

「高松くんは、こんな感《かん》じ。源川さんはこんな感《かん》じ。」

それぞれの形をやってみせてくれるけれど、まねしてみてもやっぱり恥《は》ずかしい。樫本さんは、ぜーんぜんだめ、というようにため息《いき》をついた。

「そうだ、てっちゃん、てっちゃん来て。」

徹平《てっぺい》はステージの奥《おく》のほうで、だれかと話していたが、呼《よ》ばれて振《ふ》りむき、のっそりやってきた。

「てっちゃん、ちょっとここ立って。」

樫本《かしもと》さんは、さっさと徹平《てっぺい》の手を取《と》ってつかみ、横《よこ》に伸《の》ばすと、反対《はんたい》の手で徹平の肩《かた》に手をかけた。

「てっちゃん、わたしの背中《せなか》に手をまわして。」

徹平はなんのちゅうちょもなく、樫本さんの背中《せなか》に手をやる。

「てっちゃん、わたしの顔をのぞきこんで。」

樫本さんは徹平を見あげる。

「そう、そうやって、一、二、三、一、二、三、こんな感《かん》じよ。」

徹平はちょっとつまずきながらも、樫本さんに引っぱられて踊《おど》った。

照《て》れもなんにもしていない。

「うん、それでいいんだ。だって、好《す》きな人どうしが二人で踊《おど》るんだよ。もっと、感情《かんじょう》をこめなきゃ。」

樫本さんはそう言って、

「高松《たかまつ》くん、源川《みながわ》さん、やってみて。」

高松くんといっしょに手をつなぎ、まわってみるけれど、樫本さんは、まだ気に入らない様子《ようす》だ。

「じゃあ、てっちゃん、源川《みながわ》さんとやってみてよ。」

徹平《てっぺい》は意外《いがい》なことに、首を振《ふ》った。

「いや、オレ、やらねーよ。もう、いっかな？」

徹平はそう言って、元のところに戻《もど》ってしまった。

（どうして？　樫本《かしもと》さんとはいいけど、あたしとはやりたくないってこと？）

みょうな感《かん》じだ。

また心がざわざわした。


だんだんと、準備《じゅんび》は進《すす》んだ。

その日、もう暗《くら》くなりかけたころ、大道具《おおどうぐ》の樫本さんは、

「きゃあ、てっちゃん。また倒《たお》れちゃったー。」

と、大声を上げた。

お城《しろ》の立派《りっぱ》な大広間を描《か》いた段《だん》ボールを立てようとしていたのだ。

でも大きすぎて、ばたんと前に倒《たお》れてしまう。

たしかに立派《りっぱ》だ。

シャンデリアのところには、穴《あな》を開けて、裏《うら》からクリスマス用の電飾《でんしょく》を当てて、電気を通すと光るようになっている。

でも上の半分が重《おも》すぎるのだ。樫本《かしもと》さんは、いままでにも何回、倒《たお》れちゃった、と叫《さけ》んだことだろう。でも、

「あ、ちょっと見せて。」

と、徹平《てっぺい》は、めんどうくさがりもせずに、そのたびに、駆《か》けよって、手伝《てつだ》っている。

「徹平。もう、やめようぜ。こんなでっかいのムリだよ。ぜったい立たねえ。」

「あと三日だし、もう、背景《はいけい》なしでいいんでね？　幼稚園《ようちえん》だし。そんな本格的《ほんかくてき》にしなくても。」

「そうだよ、森の中にくまさんが出てくるやつだって、舞台《ぶたい》には草ぐらいしかないぜ。」

男子たちがそう言いだした。

「もう、遅《おそ》いし、オレら帰りたいよ。」

「塾《じゅく》に間《ま》にあわないし。」

「あたしも、ピアノがあるもの。」

「だいたい樫本《かしもと》は、凝《こ》りすぎなんだよ。」

ついに樫本さんに非難《ひなん》がおよんで、樫本さんは、また泣《な》きだしそうな顔をしている。

徹平《てっぺい》は、ちょっと困《こま》ったようにそれをながめて、うん、とうなずいた。

「うん、わかった。ちょっと考えてみるから、おまえら先、帰れよ。」

「てっちゃん、考えてみるって、どうするの？」

ひじりは、思わず聞いた。

たしかに男子たちの言うとおり、広げていくつもつないだ段《だん》ボールは、大きいだけで、へこへこしていて、立ちそうにない。

「考えてみるったら、考えてみるんだ。」

徹平は、そう言《い》い放《はな》った。それからひじりを見あげる。

「ひじり、おまえも帰れよな。」

「あたし、手伝《てつだ》うよ。」

ひじりはそう言ったのに、徹平《てっぺい》は肩《かた》をすくめた。

「おまえは帰れ。遅《おそ》くなったら、おばさんが心配《しんぱい》するだろ。こっちはこっちでなんとかするさ。」

なんだか、追《お》いだされたような気持《きも》ちがした。

(てっちゃんは、樫本《かしもと》さんと二人になりたいんだ。あたしはじゃまなんだ。)

ひがみなのか、そんな気もしてくる。


その日、ひじりが、家に帰って、夕《ゆう》ご飯《はん》を食べて、テレビを見ていると、インターホンが鳴った。

「はい、あれー、どうしたのー。えー、来てないよ。」

おかあさんが出てから、あわてた様子《ようす》でひじりのほうを振《ふ》りかえった。

「てっちゃんママよ。てっちゃん今日は、うちに来てないよね。まだ家に帰ってないんだって。」

「え?」

あわてて、おかあさんといっしょに、玄関《げんかん》に出た。

「ひじりちゃん、徹平《てっぺい》と、今日はどこで別《わか》れた？」

おばさんは、ちょっと青ざめた顔で、早口に聞く。

「体育館《たいいくかん》で、たんぽぽ劇団《げきだん》のけいこしてたけど……てっちゃんは、まだやるって……。」

「そうなんだ。でも、もう学校は自動警備《じどうけいび》の時間になっちゃってるよね。中には、いられないよね。」

「てっちゃん、帰ってないってこと？」

おかあさんは、まゆをひそめて聞く。

「そうなのよー。いま、仕事《しごと》から戻《もど》ったんだけど、徹平いないし、置《お》いてある夕飯《ゆうはん》も食べてないし。いったいどこ行っちゃったのかしら。」

（てっちゃんになにかあった？）

「そんなこと、てっちゃん、いままでなかったよね。」

「うん、そうなの。夕飯《ゆうはん》はぜったい食べてるから、変《へん》だと思って……。」

こんなに遅《おそ》い時間なのに、帰っていないというのは、どう考えてもおかしい。

ひじりが見たとき、いっしょにいたのは、樫本《かしもと》さんだ。

「樫本さんの電話、わかりますか？」

ひじりは、そう言っていた。

考えたくないのに、いろいろ悪《わる》いことが頭に浮《う》かぶ。

誘拐《ゆうかい》？　交通事故《こうつうじこ》？

徹平《てっぺい》はこんな時間まで、どこにいるんだろう。

外は真《ま》っ暗《くら》だ。

徹平の家に行き、樫本さんの家に電話をする。

「あ、源川《みながわ》さん？　なに？」

樫本さんが、電話のむこうで、びっくりした声を出す。

「てっちゃん、てっちゃんが帰ってないのよ。」

ただ聞くだけのつもりだったのに、訴《うった》えるような口調《くちょう》になった。言いながら、自分がちょっと涙目《なみだめ》になっていることに、ひじりはびっくりした。

ひじりは心配《しんぱい》だったのだ。

でもここで泣《な》いても、なんの役《やく》にも立たない。

徹平《てっぺい》はどこにいるんだろう？

「えっ？　こんな時間にまだ帰ってないの？」

樫本《かしもと》さんの声もかん高くなる。

「樫本さんといっしょに学校、出たんだよね？」

「そう、わりとあれからすぐだった。途中《とちゅう》までいっしょに帰った。でもね、いっぺん家に戻《もど》って、自転車《じてんしゃ》で角材《かくざい》を探《さが》しに行くって言ってた。」

「角材《かくざい》？」

「そう。段《だん》ボールの後ろに、なにか補強《ほきょう》できる木枠《きわく》があったら、だいじょうぶだからって。大工さんに、いらないやつ、もらえるかもって……。」

「それって、どこの大工さん？」

「わかんない。」

樫本さんから聞けたのは、これだけだった。

「あ、わかった。パパの友だちが、駅《えき》のむこうで工務店《こうむてん》してて、徹平も知ってる。でも、あんなところまで、自転車《じてんしゃ》で行ったのかしら……。」

徹平《てっぺい》のおかあさんがそう言ったときだ。

インターホンが鳴った。

「はい。徹平、徹平なの？」

徹平のおかあさんの声はうわずっている。

「まったく、こんな時間まで、どこ行ってたのよー。」

徹平は戻《もど》ってきたのだ。

よかった。

ひじりは、徹平の家を駆《か》けだし、エレベーターを使《つか》うのももどかしく階段《かいだん》を降《お》りると、マンションの表玄関《おもてげんかん》に出た。

徹平は、玄関《げんかん》ホールの天井《てんじょう》にも届《とど》きそうな長い角材《かくざい》を何本も持《も》って、入ってくるところだった。

「てっちゃん！」

「おう、ひじり。」

徹平《てっぺい》は、いつもみたいで、ぜんぜん変《か》わらない。こっちは、誘拐《ゆうかい》でもされたのかと思ったのに。ほんとうに心配《しんぱい》だったのに。

ひじりは、徹平に駆《か》けよって、その胸《むね》をこぶしでたたいた。

「もう、もう。心配《しんぱい》させるんだから。」

「おい、おい。オレ、両手《りょうて》ふさがってるんだぜ。」

顔を見て安心《あんしん》したら、本格的《ほんかくてき》に、涙《なみだ》が出てきた。

徹平はにこっと笑《わら》って、見おろした。

「泣《な》くなよ。おおげさだな、片方《かたほう》持《も》てよ。」

角材《かくざい》が突《つ》き出《だ》される。

「徹平、どうしてこんな遅《おそ》くまで……。」

徹平のおかあさんと、ひじりのおかあさんが、エレベーターから降《お》りてくる。

「自転車《じてんしゃ》で行ったんだけど、これ乗《の》せちゃ走れないから、帰りは押《お》して歩いてきた。」

「もう、あんな遠いところから、歩いて帰るなんて、むちゃくちゃよ……。」

徹平のおかあさんは、あきれている。

すみません、おさわがせして、と徹平《てっぺい》のおかあさんがひじりのおかあさんにあやまるのを見ながら、ひじりは、へなへなと床《ゆか》に座《すわ》りこんでしまいそうな気持《きも》ちだった。

9

好《す》きになったかもしれない

次《つぎ》の日、ひじりは徹平《てっぺい》と並《なら》んで、角材《かくざい》の半分を持《も》って学校に行った。

なんだ、なんだ、なにするの？　と六年生のみんなが駆《か》けよってくる。

劇《げき》の大道具《おおどうぐ》さ、背景《はいけい》立てるんだ、と徹平はちょっと得意《とくい》そうに説明《せつめい》している。

だが、放課後《ほうかご》になって、図工室に角材を持《も》っていった徹平は、がっかりした顔つきで戻《もど》ってきた。

「だめってさ。ノコギリ使《つか》ったり、釘打《くぎう》ったりするの、あぶないからって。」

「そんなー。」

思わずひじりは大声を上げた。

徹平が、昨日《きのう》、あんなに苦労《くろう》して運《はこ》んできた角材《かくざい》が、それでは無駄《むだ》になってしまうではないか。

「なんとかならないの？」

ひじりは叫《さけ》んだ。

徹平は首を横《よこ》に振《ふ》った。

「寸法測《すんぽうはか》って、家でやってくれれば？」

だれかが言った。

「もう間《ま》にあわないよ。あさってはもう本番だから。明日はけいこもなしにして、みんなで幼稚園《ようちえん》に大道具《おおどうぐ》も小道具《こどうぐ》も運《はこ》びこまなきゃならないんだよ。」

そうなんだ、じゃ、しかたないね、とみんながあきらめかけたときだ。

高松《たかまつ》くんが、ちらちらとひじりを見ながら、もごもごと口を開《ひら》いた。

「ほかの先生に頼《たの》んでみようよ。みんなで行って説明《せつめい》したら、なんとかしてくれるかも……。」

「でも……だめだって言われたんでしょ。」

だれかがまゆをひそめてつぶやく。

「だめで、もともとだよ。ね、源川《みながわ》さん。」

高松くんはまたひじりを見て、にっこり笑《わら》った。

(高松くん、変《か》わった……。)

けいこでは、もうせりふは堂々《どうどう》と言うようになったし、ワルツのときも、恥《は》ずかしがらずに、しっかりとひじりを引きよせる。もう、カンペキに王子様《おうじさま》だね、たかまっちゃん、とみんなが言ったぐらいだ。

じゃ、行こうかと全員《ぜんいん》でぞろぞろと職員室《しょくいんしつ》に行くと、福祉委員会《ふくしいいんかい》の山田《やまだ》先生が出てきて、どうしたんだ、と聞いてくれた。

「たんぽぽ劇団《げきだん》、がんばってるもんな。図工室使《つか》えるように頼《たの》んでやる。ノコギリがあぶないなら、先生が見ててやる。」

「釘《くぎ》も打《う》ちたいんです。」

「おう、わかった。」

「やったね。」

みんなで手を取《と》りあった。


それから、みんなの気持《きも》ちが、少し変《か》わったように思われた。

どうせ、幼稚園《ようちえん》の子だからいいんだ、などという言葉《ことば》が、どこかに吹《ふ》き飛《と》んでしまったようだ。

「ひじりちゃん、ドレス着《き》てみて。」

衣装《いしょう》の子に言われて、舞踏会用《ぶとうかいよう》のドレスを着《き》てみる。

「色はピンクで裾《すそ》も長いけど、おかあさんの古着《ふるぎ》だから、やっぱ、地味《じみ》だよね。」

「クリスマスツリーのモールでも、くっつけたら？」

「それ、明日でも間《ま》にあうかな。」

「間《ま》にあうよ、テープでくっつけるだけだもの。あたし持《も》ってくるから。」

「高松《たかまつ》くんの衣装《いしょう》も、いまみたいに、高松くんのお兄ちゃんの中学校の制服使《せいふくつか》うだけじゃ、地味《じみ》だよ。なにかくっつけようよ。」

「王子様《おうじさま》の服《ふく》って、フツー、なに、付《つ》いてるのかな？」

「図書室で、写真《しゃしん》見たら？」

「よし、行ってくる。」

そんな話が進《すす》んでいた。


その日の帰り、ひじりは高松くんといっしょになった。

「今日の高松くん、カッコよかったよ。あれでみんなの気持《きも》ち、変《か》わったもの。」

ひじりは言った。おせじやただのおあいそではない。からを破《やぶ》りたいと言っていた高松《たかまつ》くんに、変《か》わったと教えてあげたい。

だが高松くんは、首を横《よこ》に振《ふ》った。

「いや、ちがうよ。みんなの気持《きも》ちが変《か》わったのは、徹平《てっぺい》のおかげだよ。」

「そう？　てっちゃん？」

「うん。くやしいけど。」

高松くんは、唇《くちびる》のはしでふっと笑《わら》った。

「みんなが、樫本《かしもと》さんが凝《こ》りすぎだって非難《ひなん》したとき、味方《みかた》したのは徹平だけだったろ。」

そうだった。たしかに、ひじりはなんだか徹平が樫本さんと二人きりでいたいのだろう、なんて思ったけれど、そうじゃなかった。

徹平はあのとき「俠気《おとこぎ》」を出したんだ。

「それで、角材《かくざい》を持《も》ってきたのも徹平だった。それだけじゃない。」

高松くんは立ち止まった。そして、ひじりに向《む》かいあうような位置《いち》に立つ。

ちょうどどんぐり公園の横《よこ》に来ていた。

「オレ、徹平《てっぺい》に言われたんだ。あのワルツのけいこをやってたときに。」

「あのとき？　てっちゃんは、オレ、やらねーよ、ってどっか行っちゃったじゃない。」

「オレに恥《はじ》かかせないようにしたんだ。でも、あのあと、帰る前に、徹平はオレを呼《よ》び止《と》めて言ったんだ。」

「なんて？」

「もっと堂々《どうどう》として恥《は》ずかしがらずに、ひじりを引きよせろって。自分がやろうと決《き》めたことをやってるときは、人の目なんて、気にすんなって。」

徹平はそんなことを言ったんだ。

徹平らしい。

たしかにそうだ。

徹平は、いつだって、人の目なんて気にしていない。

そして、やろうと決《き》めたことは、やる。

どんぐり公園のあのトンネルのある築山《つきやま》が、ひじりのななめ前に見えた。

(泣《な》き虫《むし》だったてっちゃんが、いつの間にそんな人になってたんだろう……。)

つぶをつまめなくて泣《な》いた、あの徹平《てっぺい》はたしかに変《か》わった。

近すぎて、変《か》わったことに、気がつかなかったのかもしれない。

「オレ、徹平にはかなわないかもしれない。でも、源川《みながわ》さん、いや、ひじりちゃんに、ちゃんと言っておきたいんだ。」

高松《たかまつ》くんは、眼鏡《めがね》ごしのあのまっすぐな目で、ひじりを見た。

もう、ほおは赤くなってはいなかった。

まるで、心を決《き》めたから、もう恥《は》ずかしくないとでも言うように。

「オレ、ひじりちゃんのこと、好《す》きになったかもしれない。」

え？

ひじりがびっくりして、なんと答えていいか思いつかないうちに、高松くんは、胸《むね》を張《は》って、宣言《せんげん》するように言った。

「本番での王子のせりふは、オレの気持《きも》ちだから。そのつもりで受《う》け取《と》って。」

ひじりは、うん、とうなずいた。

「王子のせりふ」とは、あのせりふのことだ。

――ぼくはあなたが好《す》きです。大好《だいす》きです。

けいこで何度《なんど》も高松《たかまつ》くんが言うのを聞いた。

だがそれとはちがう。本番で心をこめて言う、ひじりのために言ってくれるというのだ。

急《きゅう》にどきどきが速《はや》くなった。

高松くんは、ひじりのことを好《す》きになったかもしれないと言い、そして、あさっての本番で、心をこめて「好《す》き。」と言ってくれるという。なんてすてきなんだろう。

本気でだれかに言ってもらえるなら、すごくうれしいと思っていたが、それがほんとうになるのだ。

「ありがとう。大事《だいじ》なせりふ、楽しみにしてる。」

ひじりが答えると、高松くんは、とってもうれしそうな顔をした。

「うん、がんばろうね。」

手をつないで、上下に振《ふ》った。

高松くんと公園のところで別《わか》れて、マンションのほうに向《む》かおうとしたときだ。

ひじりは、足音を後ろに聞いた。

ぴったり同じ方向《ほうこう》に向《む》かっている。

ひじりが曲《ま》がっても、ついてくる。

(変《へん》な人かな？)

もうあたりはだいぶ暗《くら》い。

思い切って、後ろを振《ふ》りむいて、ひじりは思わず声を上げた。

「てっちゃん。」

「おう……。」

徹平《てっぺい》が黙《だま》って、ひじりの後ろを歩いていたのだ。

「なーんだ。後ろから来てるなら、声かけてくれればよかったのに。」

いつもなら、そうするだろう。おう、ひじり、とか言って背中《せなか》をたたく。

「あ、まあな。」

徹平は、元気なく答える。

徹平は図工室にずっといて、学校を出るのはひじりたちよりあとだったはずだ。公園でひじりと高松《たかまつ》くんが話をしているうちに、追《お》いついてきたのだろう。

でも元気のないのは、どうしてだろう。

「てっちゃん、なにかあった？　木枠《きわく》がうまくいかなかった？」

「そうじゃない。木枠《きわく》はばっちりだよ。心配《しんぱい》すんな。」

徹平《てっぺい》は、肩《かた》をすくめると一歩前に出て、やっとひじりの背中《せなか》をたたいた。

「本番、がんばれよな。」

そう言うと、ひじりを追《お》い越《こ》して走っていってしまった。

みょうなさびしさが、ひじりに残《のこ》った。

なぜ？

どうして並《なら》んで帰らないの？

ひょっとして、さっき公園で高松くんと話しているのを、徹平が聞いていたとか？

でもそれなら、ちゃんと言うはずだ。

――おまえにひじりは渡《わた》さない。

って。

徹平《てっぺい》なら言うはずだ。
きっと。

10

ガラスの靴《くつ》

いよいよ本番の日になった。

いっぺん学校の門の前でみんなと待《ま》ち合《あ》わせてから、たんぽぽ幼稚園《ようちえん》まで歩いていった。

幼稚園《ようちえん》には、園児《えんじ》だけではなく、たくさんの保護者《ほごしゃ》も集《あつ》まってきている。おじいさんおばあさんの姿《すがた》もある。駐輪場《ちゅうりんじょう》には、自転車《じてんしゃ》がずらりと並《なら》んでいた。

まず年少さん、年中さん、年長さんの劇《げき》があって、ひじりたちは最後《さいご》だ。

ホールの舞台《ぶたい》のそでに入って、出番を待《ま》つ。

そこには、昨日《きのう》、みんなで運《はこ》びこんだ大道具《おおどうぐ》、小道具《こどうぐ》、衣装《いしょう》などが、置《お》いてある。足のふみ場もないぐらいだ。

あのお城《しろ》の大広間の絵もちゃんとある。そのほかに、シンデレラの家の暖炉《だんろ》や窓《まど》を描《か》いた絵もある。どれも徹平《てっぺい》の木枠《きわく》のおかげで立派《りっぱ》に立っている。

ひじりは、衣装《いしょう》の子たちが用意《ようい》してくれた最初《さいしょ》の衣装《いしょう》を着《き》た。古着《ふるぎ》を、カッターナイフをつかって、ぼろぼろに破《やぶ》いてある。

舞踏会《ぶとうかい》で着るピンクのドレスの置《お》いてあるところも、ひじりはちゃんと確《たし》かめた。魔法使《まほうつか》い役《やく》の男子が、マジシャンよろしく舞台《ぶたい》で布《ぬの》を振《ふ》りまわしている間に、ひじりは布《ぬの》の背後《はいご》を走り抜《ぬ》けてそでに入って、急《いそ》いで着替《きが》えて、元の場所《ばしょ》に戻《もど》っていなければならない。

そのピンクのドレスには、昨日《きのう》のうちに、いっぱいモールが付《つ》けられてきらきら光っている。

大広間の絵もシャンデリアに明かりがつくようになっている。

きっと幼稚園《ようちえん》の子たちがびっくりすることだろう。

「おお、すっごい、たかまっちゃん。」

だれかの声に、振《ふ》りむいて、ひじりもびっくりした。

黒い学生服《がくせいふく》にはちがいないけれど、肩《かた》のところには金のかざりがある。肩《かた》から幅広《はばひろ》の赤い帯《おび》をななめにかけ、ウエストのあたりには革《かわ》のベルトもして、ズボンの上から、黒いブーツも履《は》いていた。

衣装《いしょう》の子は自慢《じまん》げだ。

「じつはおかあさんの雨靴《あまぐつ》だけど、そうは見えないでしょ。肩《かた》のかざりは、古いカーテンの房《ふさ》をくっつけたんだ。帯《おび》はなーんと浴衣《ゆかた》のやつ。」

ハリー・ポットマムの映画《えいが》を思い出す。ハリーは、王子様《おうじさま》の変装《へんそう》をして悪《あく》の集団《しゅうだん》に立《た》ち向《む》かうのだ。

高松《たかまつ》くんは、いつにもまして、そのときのハリーそっくりだ。

「カッコイイよ。」

ひじりは高松くんに近寄《ちかよ》って、本気でほめた。

「ありがとう。がんばって、いい劇《げき》を幼稚園《ようちえん》の子たちに、見せてあげようね。」

高松くんは、元気よくそう言った。


「さあ、次《つぎ》は小学校のおにいさん、おねえさんたちが劇《げき》をしてくれますよー。」

ステージで幼稚園《ようちえん》の先生が大きな声でしゃべっている。

ひじりは、いままでにないほど、どきどきしてきた。

最初《さいしょ》にステージに上がってしゃべるのは、ひじりだ。

「なんの劇《げき》かなー？」

幼稚園《ようちえん》の先生がみんなに聞いている。

「シンデレラー。」

たくさんの大きな声が答えている。

「みんな準備《じゅんび》できたかな？」

「はーい。」

「さあ、じゃあシンデレラが始《はじ》まるよー。」

（きっとうまくいく。）

ひじりはほうきを持《も》って、ぱっとステージの真《ま》ん中《なか》に出た。

幼稚園《ようちえん》のステージは学校のとちがって低《ひく》い。

小さい子たちの顔が、間近に見える。

幼稚園《ようちえん》のころのことは忘《わす》れていたが、こんなに小さかっただろうか。自分が覚《おぼ》えていたより、もっと幼《おさな》い感《かん》じだ。

（みんなあきずに見ていてくれるかな。）

心配《しんぱい》だが、ひじりは大きく息《いき》を吸《す》って、最初《さいしょ》のせりふを言った。

「おとうさんが亡《な》くなって、毎日大変《たいへん》だけれど、いつかきっとわたしにも、いいことがあるわ。すてきな人と出会って、恋《こい》をするの。」

準備《じゅんび》できたかな？
はーい
…だいじょうぶ
シンデレラがはじまるよーーー！
きっとうまくいく
おひめさまー
かわいー
「これがあこがれの舞踏会《ぶとうかい》」
順調《じゅんちょう》だ！

きらきらした目がたくさん、ひじりの動作《どうさ》を見つめていた。

劇《げき》はどんどんと進《すす》む。

お城《しろ》の絵が、裏側《うらがわ》から徹平《てっぺい》ともう一人の男子にかかえられて、ステージに出ていく。二人は客席《きゃくせき》からは見えないように、腰《こし》をかがめている。

シャンデリアの電気がついたとき、わあっという驚《おどろ》きの声が上がった。保護者《ほごしゃ》の席《せき》あたりからは、拍手《はくしゅ》まで聞こえる。

『花《はな》のワルツ』の音楽がかかり、ひじりはピンクのドレス姿《すがた》で、またステージの真《ま》ん中《なか》に出た。

「お姫様《ひめさま》だ。かわいいー。」

女の子の声がして、ひじりはうれしくなった。

かわいいって思ってくれた。衣装係《いしょうがかり》が作ってくれたこのドレスのおかげだ。

高松《たかまつ》くんも出てきて、すらすらとせりふを言い、堂々《どうどう》と踊《おど》った。

(順調《じゅんちょう》だ。)

なにも問題《もんだい》はない。

幼稚園《ようちえん》の子たちは、しんとしてステージを見つめている。

十二時の鐘《かね》も、無事《ぶじ》に鳴る。

「だめ、だめなんです。わたし帰らなきゃ。」

ひじりはそう言って、靴《くつ》を片方《かたほう》だけ残《のこ》して退場《たいじょう》する。

あとは、またぼろぼろの服《ふく》に着替《きが》えて、出番を待《ま》つ。

背景《はいけい》は、また徹平《てっぺい》たちが持《も》って入《い》れ替《か》え、シンデレラの家に替《か》わった。

これが、いよいよ最後《さいご》の場面《ばめん》だ。

ここで、シンデレラが靴《くつ》を履《は》いてみせ、王子が、あなただったのですね、と言うのだ。

そしてその次《つぎ》に、高松《たかまつ》くんが、心をこめて言ってくれるというあのせりふがある。

楽しみのような、こわいような緊張《きんちょう》で、ひじりは、こんどはお皿《さら》とふきんを持《も》って、舞台《ぶたい》の真《ま》ん中《なか》に出た。

「おねえさんたちは、もう寝《ね》てしまった。わたしはいまからこれを一人で洗《あら》わなければならないわ。」

そう言いながら、お皿を拭《ふ》くしぐさをした。

トントン、とノックの音がする。

高松《たかまつ》くんが入ってきた。

ここまではけいこのとおりだった。

だが、変《へん》だとひじりは気がついた。

あとから続《つづ》いてくるはずの二人の家来がいない。

(どうしたの?)

高松くんに聞こうと思うが、ステージの上では、口を動《うご》かすこともできない。

みょうな間《ま》がある。

ひじりは、しかたなく、黙《だま》って下を向《む》いて、皿《さら》を拭《ふ》きつづけた。

そのときだ。

ささやき声が、ステージのそでから聞こえた。

——ガラスの靴《くつ》がないよ。どっか行っちゃった。

えっ、と高松くんと顔を見合わせる。高松くんははじめて、自分の後ろに家来がいないことに気がついて、あわてている。

家来は、クッションの上にガラスの靴《くつ》を乗《の》せて入ってくるはずだ。でもガラスの靴《くつ》がないので、入ってこられないでいたのだった。

ガラスの靴《くつ》は、衣装係《いしょうがかり》の子が、おかあさんの古いパンプスに、七色に光るタイプの折《お》り紙《がみ》を貼《は》って、作ってくれたものだ。

ひじりが退場《たいじょう》するときに、右足だけステージに残《のこ》してくることになっていた。家来の子たちは、それをクッションに乗《の》せて、持《も》って歩くはずだったのだが。

どこでどうしてこうなったんだろう。

ステージのそでは、いろいろな物《もの》でぐちゃぐちゃだから、きっとなにかに紛《まぎ》れて、わからなくなってしまったんだ。

それでも、もう片方《かたほう》、左の靴《くつ》はあるはずだ。

ひじりはピンクのドレスを脱《ぬ》いだときに、左の靴《くつ》をそのドレスといっしょに、ステージのそでの奥《おく》の片隅《かたすみ》に置《お》いたのだ。

(あそこにあるのに。)

ひじりはそう言いたかったが、これもステージの上では言えない。

（どうしよう……。）

こんなことになるとは思わなかった。

この次《つぎ》のせりふは、家来が言うことになっている。

――王子様《おうじさま》におかれましては、このガラスの靴《くつ》がぴったりの女の人を捜《さが》しておられます。

と言って、なぜここに来たかを説明《せつめい》するのだ。

なのにその家来がいない。

（靴《くつ》、なくていいから、とにかく、入ってきて、せりふ言ってよ。）

ひじりはそう告《つ》げたかったが、口を動《うご》かすことができない。

高松《たかまつ》くんも、どうしたらいいのかわからず、後ろを振《ふ》りむいては、おろおろしていた。

客席《きゃくせき》もなにか変《へん》だと気がついたようだ。

ざわざわする。

「なんで立ってるだけなの？」

「王子様《おうじさま》、なにしに来たの？」

小さい子の遠慮《えんりょ》ない声がする。

（どうしよう。いったい、どうしたらいい？）
頭の血《ち》が、全部《ぜんぶ》下に下がってしまったような気がした。
手も足も動《うご》かない。
考えも浮《う》かばない。
（まさか、こんなことになるなんて。せっかく、うまくいってたのに……。）
そのときだ。
ささやき声がした。
——ガラスの靴《くつ》を、家来がころんで壊《こわ》してしまいました。
徹平《てっぺい》の声だ。
徹平は、シンデレラの家の暖炉《だんろ》の絵の後ろにいて、絵を支《ささ》えていたのだ。
そして、王子様《おうじさま》がなにを言えばいいのか、客席《きゃくせき》には聞こえないように、教えている。
（てっちゃんが、助《たす》けてくれてる。）
それは、まるで真《ま》っ暗《くら》な中に灯《とも》された、懐中電灯《かいちゅうでんとう》の光のように思われた。
高松《たかまつ》くんも、はっとしたような顔をした。

徹平《てっぺい》のささやき声が聞こえたのだろう。

「ガラスの靴《くつ》を、家来がころんで壊《こわ》してしまいました。」

高松《たかまつ》くんは客席《きゃくせき》を向《む》くと、大きな声で言った。

客席《きゃくせき》のざわめきは収《おさ》まった。小さい子の、へえそうなんだ、というような表情《ひょうじょう》が見える。

――でも、履《は》いてみてくれなくても、わかります。そんなぼろぼろの服《ふく》を着《き》ていても、見たとたんに、ぼくにはわかりました。あなたはあのときの人ですね。

徹平は、いっしょうけんめいに、考えながら、話をつないでくれている。

高松くんは、それを大きな声でくりかえしている。

「……あなたはあのときの人ですね。」

「はい。」

と、ひじりは返事《へんじ》をする。

よかった、これであぶないところは抜《ぬ》けだした。もうだいじょうぶだ。

ほっとする。

あとは、元のせりふにつなげるだけだ。

高松《たかまつ》くんは、この先、覚《おぼ》えている自分のせりふをちゃんと言うだろう。

だが、徹平《てっぺい》はなぜかまだ、ささやきを続《つづ》けていた。

――どうやっても、あなたが忘《わす》れられませんでした。あきらめようともしましたが、できませんでした。

あのとき、徹平がけいこで高松くんにやってみせたせりふだ。

高松くんはぞくっとしたと言った。

いま、ひじりはたしかにそうだと、感《かん》じていた。

背骨《せぼね》が震《ふる》えるような気持《きも》ちだ。

(てっちゃん、本気だ……。)

ひじりのことを忘《わす》れようと思ったけれど、あきらめられなかった、と言っている。

高松くんは、またそれをくりかえしているが、目は、みょうに躍《おど》っていた。

なにか高松くんも考えている?

いったいなにを?

ひじりはどきどきしてきた。

――ぼくはあなたが好《す》きです。
徹平《てっぺい》は続《つづ》けて、そうささやいていた。
でも、いままで、ひじりに好《す》きだとは、一度《いちど》も言わなかった。
しかも本気で。
(てっちゃんが、はじめて好《す》きだって、言ってくれた!)
ひじりは飛《と》び上《あ》がるような気持《きも》ちだ。
しかし、それを聞いて、高松《たかまつ》くんは、唇《くちびる》をぎゅっとむすんだ。
まるで、オレは徹平の言うとおりには、ぜったい言わないぞ、とでもいうように。
そして口を開《ひら》いた。
「なぜ捜《さが》したか? あなたのことが好《す》きだから? いいえ、ちがいます。」
驚《おどろ》いたことに、そうしゃべりはじめたのだ。
せりふとちがう。
(え? どうするの?)

ひじりはびっくりした。

高松《たかまつ》くんは徹平《てっぺい》に張《は》りあっているのだ。前のじゃんけんのときのようだ。

客席《きゃくせき》も、はっと息《いき》をのんでいる。

でも、こんなことを言ってしまって、劇《げき》はいったいどうなるんだろう。

高松くんは一歩ひじりに近づいてきた。

そして大きな声で言った。

「好《す》きなどというのでは、言葉《ことば》が足りません。ぼくはあなたが大好《だいす》きです。」

ああよかった、というようなため息《いき》が、客席《きゃくせき》からあがった。

高松くんは、王子様《おうじさま》らしくひざをついて、おじぎをすると、ひじりを見あげた。

「どうかぼくの気持《きも》ちをわかってください。ほかの人を見ないで、ぼくだけを見てくださ
い。ぼくに、このぼくに、好《す》きだと言ってください。」

そうか、とひじりはやっと思いあたった。

あの約束《やくそく》を高松くんは、守《まも》ろうとしたんだ。

——本番での王子のせりふは、オレの気持《きも》ちだから。そのつもりで受《う》け取《と》って。

そうなんだ。高松《たかまつ》くんは、徹平《てっぺい》ではなくてオレを見て、と言っているのだ。

ひじりは、返事《へんじ》をしなければならない。

客席《きゃくせき》は、シンデレラを見つめている。

(だけど……あたしは高松くんに返事《へんじ》したくない。)

したくないんだ、とひじりは気がついた。

ひじりが返事《へんじ》をしたいのは……。

暖炉《だんろ》の絵の後ろにしゃがんでいる……。

(てっちゃんだ。)

やっとわかった。

自分の気持《きも》ちが。

ひじりの好《す》きなのは徹平だった。

でもいま、シンデレラのひじりは、高松くんに向《む》かって答えていた。

「わたしもあなたが忘《わす》れられませんでした。あなたはわたしの運命《うんめい》の人です。わたしもあなたが大好《だいす》きです。」

「あなたはわたしの」
「運命《うんめい》の人です。」

『花《はな》のワルツ』の音楽が鳴り、高松《たかまつ》くんは立ち上がると、にっこり笑《わら》ってひじりを引きよせ、二人は踊《おど》った。

11

好《す》きだ

『シンデレラ』は大成功《だいせいこう》だった。

拍手《はくしゅ》が鳴《な》り響《ひび》き、たんぽぽ劇団《げきだん》の全員《ぜんいん》が、ステージに呼《よ》ばれて並《なら》び、何度《なんど》もおじぎをすることになった。

お遊戯会《ゆうぎかい》そのものが終《お》わってしまっても、高松《たかまつ》くんとひじりは、保護者《ほごしゃ》の人に引きとめられて、衣装《いしょう》を着《き》たまま、幼稚園《ようちえん》の子といっしょに何回も写真《しゃしん》を撮《と》られた。

「なんか、テーマパークのキャラクターの気分だね。」

「うん、こんなに人気があることなんて、これからもう一生ないかもよ。」

二人でそう言って笑《わら》った。

とくに、高松くんは大人気で、その後も小さい子たちに囲《かこ》まれていた。

「カッコイイね。」

「ありがとう。」

「本物《ほんもの》の王子様《おうじさま》？」

「もちろんだよ。」

「サインしてくれる？」

「いいよ。」

やさしい高松《たかまつ》くんは、差《さ》し出《だ》された折《お》り紙《がみ》に、クレヨンでていねいにサインをしている。

サインの文字は「おうじさま」で、ちょっと笑《わら》えた。

幼稚園《ようちえん》の先生になりたいというだけあって、「絵、描《か》いて。」とか「手裏剣《しゅりけん》折《お》って。」なんていう関係《かんけい》ない注文《ちゅうもん》にも、いやがらずに応《おう》じている。

時間がかかりそうなので、ひじりは先に着替《きが》えた。

(てっちゃんはどこ?)

衣装《いしょう》を入れた紙袋《かみぶくろ》を持《も》って、徹平《てっぺい》を捜《さが》す。

劇《げき》が終《お》わってから、徹平と話をしていない。

たんぽぽ劇団《げきだん》のほかの子たちは、もう大道具《おおどうぐ》や小道具《こどうぐ》なんかをまとめて、小学校に運《はこ》んでいったらしく、だれもいなかった。

幼稚園《ようちえん》の玄関《げんかん》から外をのぞくと、小学校のほうへ向《む》かおうとしている背《せ》の高い影《かげ》に気がついた。

徹平だ。

ばらした角材《かくざい》を何本も肩《かた》にかかえて、ゆっくり歩いている。

「てっちゃーん。」

呼《よ》んで駆《か》けよると、徹平《てっぺい》は止まって振《ふ》りむいた。

「おう、ひじり。」

「今日は、ありがとう。助《たす》けてくれて。」

まずそれを言わなければならなかった。

「靴《くつ》、なくなってどうしようかと思ったよ。」

「ああ、なんとかなって、よかったな、オレもびっくりした。」

徹平は笑《わら》ったが、目は笑《わら》っていない。

「てっちゃんのおかげだよ。」

「たいしたことねえよ。」

言いながら、徹平はもう歩きだしていた。

これじゃ、そっけなさすぎる。

ひじりの言いたかったことは、そういうことではない。

好《す》きだとはじめて言ってくれて、うれしかったと言いたい。

そして、徹平《てっぺい》が好《す》きだとわかったと言いたい。

ひじりは小走りに、追《お》いかける。

「そんなことないよ。あたし、すごくうれしかったんだ。だって……。」

「なら、よかった。おまえら、困《こま》ってたもんな。それに高松《たかまつ》はおまえに気《き》持《も》ちを伝《つた》えたかったんだろ。おまえらはお似合《にあ》いさ。」

徹平は、ちょっとだけ止まり、またひじりを見た。

「両思《りょうおも》い同士《どうし》、仲《なか》よくやれよな。」

あ、とひじりは思いあたった。

いま、徹平は、

――高松はおまえに気《き》持《も》ちを伝《つた》えたかったんだろ。

と言ったのだ。

公園で高松くんが、本番のせりふはオレの気《き》持《も》ちだからと言ったとき、徹平はきっと聞いていたのだ。

徹平《てっぺい》は、ひじりも高松《たかまつ》くんが好《す》きだと思っている。

そしてひじりのために、自分はあきらめるつもりになったのだ。

いつもの侠気《おとこぎ》だ。

(ちがう、てっちゃん。ちがう。)

ひじりが、言いかけようとしたときだ。

「てっぺー、手伝《てつだ》うぜー。」

小学校のほうから、男子たちが駆《か》けてきた。


ひじりは立《た》ち尽《つ》くしたまま、男子たちといっしょに歩いていく徹平の後《うし》ろ姿《すがた》を見ていた。

いつものように、高松におまえは渡《わた》さないって、言ってほしかった。

やっとひじりが、徹平が好《す》きということに気がついたというのに。

「ひじりちゃん。」

声をかけられて、ひじりは振《ふ》りむいた。

着替《きが》えて、王子様《おうじさま》からいつもの服《ふく》になった高松くんがいた。

「やっと劇《げき》、終《お》わったね。」

「うん。」

「ほっとしたよね。」

二人並《なら》んで歩きだす。

「どうなるかと思ったよ。徹平《てっぺい》のおかげだ。徹平にお礼《れい》言わなきゃと思ってたんだけど、まだ言ってないや。」

高松《たかまつ》くんが言う。

ひじりは立ち止まった。

(あたしも、高松くんに言わなきゃならないことがある。)

言えば、きっとがっかりするだろう。

あんなに心をこめて、「大好《だいす》きだ。」というせりふを言ってくれたのだ。

でも、ここは逃《に》げちゃいけない。

ちゃんと言わなくちゃ。

「た、高松くん……。」

ひじりが言うのと同時に、高松《たかまつ》くんも口を開《ひら》いた。

「ねえ、ひじりちゃん。あんなアクシデントがあったけど、大事《だいじ》なせりふ言えてよかったよ。あれはオレの気持《きも》ちだ。心をこめて、ちゃんと言えたよ。」

あ、先に言われちゃった、とひじりの心は折《お》れそうになった。

がんばって言ってくれたのに。

それを受《う》けとめられないと、言わなきゃならないのか？

そんなひどいことが、ひじりに言える？

（でも……。あたしは、あたしには、もうわかってしまった。）

ひじりは、徹平《てっぺい》が好《す》きだ。

最初《さいしょ》、高松くんが運命《うんめい》の人かと思ったけれど、ちがうとわかった。高松くんもすてきな人だけど、ひじりは、自分にうそをつくわけにはいかないのだ。

そしてうそをつくことは、高松くんを裏切《うらぎ》ることにもなる。

（正直に言おう。）

ひじりは、大きく息《いき》を吸《す》った。

そして言葉《ことば》を、一言一言かみしめるように発《はっ》した。

「高松《たかまつ》くん。あたし、やっと、わかったの。」

え？　というように高松くんの顔が少し曇《くも》る。

なんだか悪《わる》いなと思う。

それでもちゃんと言わなきゃ、フェアじゃない。

こんな大事《だいじ》なことを、ごまかしちゃいけない。

「あたしはやっぱり、てっちゃんが好《す》きなの。てっちゃん以外《いがい》は考えられないの。あたしのことをあれぐらい思ってくれるのは、てっちゃんしかいないの。」

ふうっと、高松くんは、長いため息《いき》をついた。

「高松くん、ごめんね。あのせりふ、言ってくれてうれしかった。なにより……。」

少し、涙《なみだ》がにじんだ。

徹平《てっぺい》にプリントを届《とど》けに来て、真《ま》っ赤《か》になった高松くんの顔を思い出す。

あのとき、ひじりは、まるで雷《かみなり》に打《う》たれたように、すてきな恋《こい》が始《はじ》まったと思った。勘《かん》違《ちが》いではなかったし、幻《まぼろし》でもなかったはずだ。ひじりは、たしかに高松くんが好《す》きだった。それはまちがいない。

「なにより、あたしの初恋《はつこい》が、高松《たかまつ》くん、あなたでよかったと……思う。」

「初恋《はつこい》なの？　オレが？」

高松くんは、びっくりしたようにそう言った。

「そう、初恋《はつこい》よ。ありがとう、高松くん。」

ああー、と高松くんはもう一度《いちど》、ため息《いき》をついた。

「わかってたよ、オレには。最初《さいしょ》から。徹平《てっぺい》は、ひじりちゃんの中で、すごく大きかったんだ。それでもオレは、いっしょうけんめい徹平に勝《か》とうとしてがんばった。けど、結局《けっきょく》、負《ま》けちゃったんだね。」

なんと返事《へんじ》したらいいのだろう。

ひじりは黙《だま》って高松くんを見つめた。

こんなときに、言える言葉《ことば》なんて、あるわけがない。

「でも、いいんだ。それでも。」

高松くんは、自分で自分に言ってうなずいた。

「徹平《てっぺい》にはかなわない。自分のことより、好《す》きな子の幸《しあわ》せを願《ねが》ってるんだから。でもね、オレは、オレなりにがんばったし、そのおかげで、オレはちょっと変《か》われたんだ。ね、そうじゃない？」

うん、高松《たかまつ》くんはほんとうに変《か》わった。

ちょっとなんかじゃない。

いまだってぜんぜん赤くなってない。言葉《ことば》にも自信《じしん》があふれている。

「じゃ、またね、ひじりちゃん。」

高松くんはそう言うと、走っていった。


徹平に会いたい。

会わなきゃ。

ひじりは小学校に向《む》かった。

でも、徹平はもう、いなかった。

マンションに戻《もど》る。徹平の家のインターホンを押《お》してみるが、だれも出てこない。

なんか気持《きも》ちが落《お》ち着《つ》かない。

徹平《てっぺい》の帰りを待《ま》っているのはいやだ。

一刻《いっこく》も早く、会いたい。

(きっと、あそこだ。)

ひじりは、どんぐり公園に向《む》かった。

走って近づくと、築山《つきやま》のトンネルから、長い足が突《つ》き出《で》ているのが見えた。

徹平の足だ。

まちがいない。

トンネルの中にひっくりかえって、寝《ね》ている。

「てっちゃん!」

のぞいて呼《よ》ぶと、もっそりと起《お》きあがった。

「あ、ひじり。」

まぶしいのか、まぶたをぱちぱちさせている。

「寝《ね》てたの?」

「まあ、な。」

徹平《てっぺい》の返事《へんじ》はそっけない。

「高松《たかまつ》はどうしたんだよ。あっち行ってろよ。」

「てっちゃん、あたし、てっちゃんに言いたいことあるの。」

ひじりは、徹平の前の地面《じめん》に正座《せいざ》した。

「なんだよ。」

徹平は怒《おこ》ったように言う。

「前に、あたしに、言ったの覚《おぼ》えてる?」

「なにを?」

「オレにおぼれろよ、ひじり、って。」

徹平は、鼻《はな》でふんと笑《わら》った。

「そんなの、忘《わす》れた。」

忘《わす》れちゃったの? とひじりはどきりとする。

そうなの?

さっき、ステージの上で聞いたささやき声は、あれは本気だったとひじりは思ったけれど、ただの勘違《かんちが》いだったのだろうか？

「オレのことしか見えなくなるくらい夢中《むちゅう》にさせて、もうおさななじみだからなんて言わせないからって、言ったじゃない。」

徹平《てっぺい》は、ふうっとため息《いき》をついた。

「それも……忘《わす》れた。」

ほんとう？

ほんとうに忘《わす》れた？

あんなこと、忘《わす》れられるだろうか？

それとも徹平は、あのあと、樫本《かしもと》さんを好《す》きになったのかもしれない。

それだったら、ひじりは一人で空回りしていることになる。

「忘《わす》れたから、あっち行けよ。」

徹平はそう言うと、またトンネルの中に寝《ね》っころがった。

だめだ、家に戻《もど》ろうか、とひじりは、一瞬《いっしゅん》考えた。

でも、さっきの高松《たかまつ》くんの言葉《ことば》が、ひじりの頭に響《ひび》いてきた。

――それでもオレは、いっしょうけんめい徹平《てっぺい》に勝《か》とうとしてがんばった。

そうだ、高松くんは、高松くんらしく、ひじりに気持《きも》ちを伝《つた》えてくれた。

だったら、ひじりだって。

もし徹平が、ひじりのことをどうも思っていないにしても、ひじりは徹平にちゃんと気持《きも》ちを伝えよう。

ひじりは大きく息《いき》を吸《す》いこんだ。

「てっちゃん、聞いて。さっき、あたし、高松くんには、ちゃんと正直に言ってきた。あたし、やっと、わかったの。あたし、てっちゃんのことがいちばん気になるんだ。もう、てっちゃんのこと、おさななじみに見えなくなったんだ。」

徹平は、びっくりしたように、また、むくっと起《お》きあがった。

「え？」

「てっちゃんが、好《す》き。」

ひじりは、徹平の胸《むね》めがけて飛《と》びついた。

え・・・

「ついに、てっちゃんに、おぼれた。」

「ひじり！」

徹平《てっぺい》はびっくりしたような声を出し、ひじりを受《う》けとめた。

「ほんとう？　ほんとうなの？」

「うん、ほんとう。てっちゃんは？　あたしのこと好《す》き？」

ひじりが見あげると、徹平は赤くなっていた。

こんな徹平を見たのははじめてだ。

「好《す》きだよ。オレは、十二年かけて、ひじりに恋《こい》してきたんだ。」

徹平は、そう言って、ひじりをぎゅっと引きよせた。

徹平の胸《むね》が、あたたかい。

うれしい。

ひじりも十二年かけて、徹平が好《す》きになったんだな、と思った。

こんにちは！中江《なかえ》みかよです！
小説《しょうせつ》を読《よ》んでくれてありがとうございます！
「おさななじみ」のまんがを描《か》いている時《とき》、徹平《てっぺい》と高松《たかまつ》の成長《せいちょう》を
1番《いちばん》に考《かんが》えて描《か》いていたのですが、小説《しょうせつ》ではさらにわかりやすく
楽《たの》しくカッコよく2人《ふたり》を書《か》いていただきました。
2人《ふたり》ともいいやつすぎてわたしまでどっちにしよう…！と
迷《まよ》ってしまいました（笑）ひじりは幸《しあわ》せ者《もの》だよまったく！
まだまんがを読《よ》んでいない方《かた》はぜひあわせて読《よ》んでみて
下《くだ》さいね！

中《なか》江《え》みかよのお悩《なや》み相《そう》談《だん》室《しつ》

みんなが知《し》りたい悩《なや》みを、
『小学生《しょうがくせい》のヒミツ』作者《さくしゃ》の
中江《なかえ》みかよさんにきいたよ!
ぜひ参考《さんこう》にしてみてね!

友情《ゆうじょう》が恋《こい》にかわることってある?

あるでしょう! あるでしょう!!

(大事《だいじ》なことなので2回《かい》いいました)

友情《ゆうじょう》が恋《こい》になると、好《す》きになっちゃった! どうしよう! と戸惑《とまど》うかもしれませんが、もともと友達《ともだち》なんだから、相手《あいて》の色《いろ》んなところを近《ちか》くで見《み》ていますよね。相手《あいて》のことをあまり知《し》らないところから好《す》きになるよりだんぜん有利《ゆうり》だと思《おも》って、逆《ぎゃく》に恋《こい》を楽《たの》しんだらいいと思《おも》います!

好《す》きじゃない人《ひと》に告白《こくはく》されました。そこからはじまる恋《こい》もあり?

あり? ってきいてる時点《じてん》でもう気《き》になってるじゃん! と思《おも》うのは私《わたし》だけでしょうか? 笑。

人《ひと》を好《す》きになるきっかけなんて色《いろ》んな形《かたち》をしてますからね。最初《さいしょ》から好《す》きだろうが好《す》きじゃなかろうがそんなもんはどっちでもいいです。ゴミ箱《ばこ》にポイしてください。大事《だいじ》なのは相手《あいて》とちゃんとコミュニケーションをとって、お互《たが》いを知《し》っていくことだと思《おも》いますよ。

カレが自分《じぶん》のことを好《す》きか知《し》りたい! どうやって質問《しつもん》したらいい?

小学生《しょうがくせい》の男子《だんし》ってやつは恋《こい》に対《たい》して恥《は》ずかしがりやさんになりますからね。てっちゃんみたいな人《ひと》はあんまりいないと思《おも》います。しかも自分《じぶん》のことを好《す》きと知《し》るやいなや避《さ》けたりする男《だん》子《し》もいますからね。だから質問《しつもん》するのはちょっと危険《きけん》かもしれません。それより相手《あいて》の行動《こうどう》を見《み》ましょう。他《ほか》の女子《じょし》とはよくも悪《わる》くも扱《あつか》いが違《ちが》うぞ? と思《おも》ったらあなたのことを気《き》にはなっているんではないでしょうか。

特別《とくべつ》ふろく

気《き》になるカレの本音《ほんね》がわかるおまじない

監修《かんしゅう》：マーク・矢崎治信《やざきはるのぶ》
東京都《とうきょうと》生《う》まれ。占星術師《せんせいじゅつし》。

1 カレに好《す》きな人《ひと》がいるかどうか知《し》りたい！

通学路《つうがくろ》に立《た》って目《め》を閉《と》じ、心《こころ》の中《なか》で「カレに好《す》きな人《ひと》がいるかどうか教《おし》えてください」と神様《かみさま》にお祈《いの》りしましょう。そのあと、「ももや辻《つじ》、よ辻《つじ》がうらの一《いち》の辻《つじ》、我《われ》に答《こた》えよ、辻《つじ》うらの神《かみ》」という呪文《じゅもん》を3回声《かいこえ》に出《だ》して、閉《と》じていた目《め》を開《あ》けます。目《め》を開《あ》けたあと、あなたの向《む》かい側《がわ》から来《き》て、あなたの横《よこ》を通《とお》りすぎた人《ひと》が男性《だんせい》なら、カレにはまだ好《す》きな人《ひと》はいません。女性《じょせい》なら、残念《ざんねん》ながらカレには好《す》きな女《おんな》の子《こ》がいそうです。

2 カレが自分《じぶん》をどう思《おも》っているか知《し》りたい！

月《つき》に向《む》かって「お月《つき》さま、○○くんの気持《きも》ちを教《おし》えてください」とお願《ねが》いしましょう。そして画用紙《がようし》を用意《ようい》し、目《め》を閉《と》じて満月《まんげつ》をかくつもりで大《おお》きな円《えん》をかきましょう。線《せん》の始《はじ》まりと終《お》わりがピタリと重《かさ》なって、きれいな円《えん》がかけたら、カレはあなたが好《す》きで、二人《ふたり》は両思《りょうおも》い。円《えん》はかけたけど、ゆがんでいたら、カレはあなたに少《すこ》しは興味《きょうみ》あり。もし線《せん》の始《はじ》まりと終《お》わりがうまくつながらなかったら、残念《ざんねん》ながら、カレはあなたに興味《きょうみ》なしかも。

3 カレの好《す》きな人《ひと》が誰《だれ》か知《し》りたい！

お昼休《ひるやす》みにカレの背中《せなか》に向《む》かって心《こころ》の中《なか》で、「神様《かみさま》、○○くんの好《す》きな人《ひと》を教《おし》えてください」と祈《いの》りましょう。そして、気《き》づかれないように、お昼休《ひるやす》み中《ちゅう》、そっとカレのあとを追《お》います。お祈《いの》りをしたあと、カレがはじめて話《はな》しかけた女《おんな》の子《こ》がカレの好《す》きな相手《あいて》です。もしお昼休《ひるやす》みが終《お》わるまで女《おんな》の子《こ》に話《はな》しかけなかったら、カレにはまだ好《す》きな人《ひと》はいません。カレがあなたに話《はな》しかけてきたら、カレはきっとあなたが好《す》きなはずですよ。

文

森川成美 もりかわ・しげみ

1957年東京生まれ。大分市で育つ。一男二女の母。東京大学法学部卒業。2009年「アオダイショウの日々」で、第18回小川未明文学賞優秀賞受賞。著書に「アサギをよぶ声」シリーズ（偕成社）、『妖怪製造機』（毎日新聞出版）、『小説なかよしホラー　絶叫ライブラリー　絶望の教室』（講談社ＫＫ文庫）、「小説　小学生のヒミツ」シリーズなどがある。

原作・絵

中江みかよ なかえ・みかよ

作品に「小学生のヒミツ」シリーズ（全10巻）。「なかよし」で『キミと最後の初恋を』を連載中。

この講談社KK文庫を読んだご意見・ご感想などを下記へお寄せいただければうれしく思います。なお、お送りいただいたお手紙・おはがきは、ご記入いただいた個人情報を含めて著者にお渡しすることがありますので、あらかじめご了解のうえ、お送りください。

〈あて先〉
〒112−8001 東京都文京区音羽2−12−21
講談社児童図書気付　森川成美先生

★この作品はフィクションです。実在の人物、団体名等とは関係ありません。

講談社KK文庫 A21-6

小説《しょうせつ》 小学生《しょうがくせい》のヒミツ おさななじみ

2017年４月17日 第１刷発行（定価はカバーに表示してあります。）
2018年７月２日 第２刷発行

文　森川成美《もりかわしげみ》
原　作　中江《なかえ》みかよ

発行者　渡瀬昌彦
発行所　株式会社 講談社
〒112−8001 東京都文京区音羽2−12−21
電話 編集 東京(03)5395−3535
販売 東京(03)5395−3625
業務 東京(03)5395−3615

印刷所　豊国印刷株式会社
製本所　株式会社国宝社
本文データ制作　講談社デジタル製作

講談社

N.D.C.913　204p　18cm　Printed in Japan　ISBN978-4-06-199596-3
この作品は書き下ろしです。

小説《しょうせつ》 小学生《しょうがくせい》のヒミツ
ともだち

「男《おとこ》の子《こ》のともだち」って、

どうやってつくったらいいの？

どうしたら転校生《てんこうせい》でも、すぐに

友《とも》だちをつくることができるの？

特別《とくべつ》ふろく
友《とも》だちともっと仲良《なかよ》くなれる
おまじないつき！

小説《しょうせつ》 小学生《しょうがくせい》のヒミツ
片思《かたおも》い

あこがれの先輩《せんぱい》を

好《す》きになってもいいですか？

だって……

大大大好《だいだいだいす》きなんだもん。

特別《とくべつ》ふろく
片思《かたおも》いを実《みの》らせる
おまじないつき！

★中江《なかえ》みかよの恋《こい》の悩《なや》み相談室《そうだんしつ》にも注目《ちゅうもく》！

文《ぶん》／森川成美《もりかわしげみ》　原作《げんさく》／中江《なかえ》みかよ

「小《しょう》学《がく》生《せい》のヒミツ」シリーズは JS《ジェイエス》の最《さい》強《きょう》バイブル

大《だい》好《こう》評《ひょう》発《はっ》売《ばい》中《ちゅう》

共《きょう》感《かん》しちゃう悩《なや》みがいっぱい!

第《だい》1弾《だん》

生理《せいり》になったけど、
はずかしくて
だれにもいえない!

第《だい》2弾《だん》

こうかんノートに、
友《とも》だちの悪口《わるぐち》を
書《か》かれた!?

第《だい》3弾《だん》

初《はつ》恋《こい》

タイプが
真逆《まぎゃく》の2人《ふたり》が
同《おな》じ人《ひと》に恋《こい》!?

第《だい》4弾《だん》

放《ほう》課《か》後《ご》

別《べつ》の学校《がっこう》の人《ひと》を
好《す》きに
なっちゃった!

第《だい》5弾《だん》

初《はつ》カレ

つきあうって、
思《おも》ってたのと違《ちが》う!?
デートでカレとギクシャク…。

第《だい》6弾《だん》

初《はつ》キス

カレから告白《こくはく》されたのに、
自分《じぶん》の思《おも》いに気《き》づいたときには
手《て》おくれ? もう、ムリなの!?

第《だい》7弾《だん》

ともだち

友《とも》だちと好《す》きな人《ひと》が
カブった!
恋《こい》と友情《ゆうじょう》、どっちが大事《だいじ》!?

第《だい》8弾《だん》

片《かた》思《おも》い

歳《とし》がちがう。世界《せかい》もちがう。
あこがれのカレ。そんなムリ
すぎる恋《こい》を実《みの》らせるには…!?

第《だい》9弾《だん》

おさななじみ

カレはきょうだいの
ような存在《そんざい》。今《いま》さら恋《こい》に
なんてならないのに…。

第《だい》10弾《だん》

教《きょう》室《しつ》

両想《りょうおも》いになったけれど…。
ドキドキしてはずかしくて、
どうしたらいいの?